TRANZLATY

El idioma es para todos

Kieli kuuluu kaikille

Las Aventuras de Alicia en el País de las Maravillas

Liisan Seikkailut Ihmemaassa

Lewis Carroll

Español / Suomi

Por la madriguera del conejo
Kanin reikään

Alicia empezaba a cansarse mucho
Liisa alkoi olla hyvin väsynyt
Estaba sentada junto a su hermana en el banco de hierba
Hän istui sisarensa vieressä nurmikolla
Pero ella no tenía nada que hacer
Mutta hänellä ei ollut mitään tekemistä
Su hermana estaba leyendo un libro
Hänen sisarensa luki kirjaa
una o dos veces Alicia echó un vistazo al libro
kerran tai kaksi Liisa kurkisti kirjaan
Pero el libro no contenía imágenes ni conversaciones
Mutta kirjassa ei ollut kuvia tai keskusteluja
«¿De qué sirve un libro sin imágenes?», pensó Alicia
"Mitä hyötyä on kirjasta ilman kuvia?", ajatteli Liisa
"¿Por qué un libro no tendría conversaciones?"

"Miksi kirjassa ei olisi keskusteluja?"
Pero tenía otras cosas que considerar
Mutta hänellä oli muita asioita harkittavana
"Hacer una cadena de margaritas sería un placer"
"Päivänkakkaraketjun tekeminen olisi ilo"
"¿Pero vale la pena el esfuerzo de levantarse y recoger las margaritas?"
"Mutta onko vaivan arvoista nousta ylös ja poimia koiranputkea??"
No era tan fácil pensar en esto
Tätä ei ollut niin helppo ajatella
porque el día la estaba haciendo sentir somnolienta y estúpida
Koska päivä sai hänet tuntemaan olonsa uneliaaksi ja tyhmäksi
Pero de repente sus pensamientos se vieron interrumpidos
Mutta yhtäkkiä hänen ajatuksensa keskeytyivät
un conejo blanco de ojos rosados corrió cerca de ella
valkoinen kani, jolla oli vaaleanpunaiset silmät, juoksi hänen lähellään

No había nada demasiado notable en el conejo
Kanissa ei ollut mitään liian merkittävää
y Alicia tampoco pensó que el conejo fuera notable
eikä Liisa pitänyt kaniakaan merkittävänä
ni le extrañó que el Conejo hablara
eikä häntä yllättänyt, kun Kani puhui
"¡Oh, Dios mío! ¡Llegaré demasiado tarde!", se dijo a sí mismo
"Voi rakas! Minä myöhästyn liian myöhään!" sanoi hän itsekseen
pero entonces el Conejo hizo algo que los conejos no hacían
mutta sitten kani teki jotain, mitä kanit eivät tehneet
el Conejo sacó un reloj del bolsillo de su chaleco
Kani otti kellon liivitaskustaan
Miró la hora y luego se apresuró a seguir adelante
Hän katsoi aikaa ja kiiruhti sitten eteenpäin
Alicia se puso en pie, asombrada
Liisa nousi hämmästyneenä jaloilleen
¡Nunca antes había visto un conejo con chaleco!
Hän ei ollut koskaan ennen nähnyt kania, jolla oli liivi!
¡Tampoco había visto nunca un conejo con reloj!
eikä hän ollut koskaan nähnyt kania kellon kanssa!
Alicia ardía con una nueva curiosidad
Liisa paloi uudesta uteliaisuudesta
y corrió por el campo tras el Conejo
ja hän juoksi pellon poikki Kanin perässä
Llegó justo a tiempo para ver desaparecer al conejo
Hän oli juuri ajoissa nähdäkseen kanin katoavan
El conejo saltó a una gran madriguera
Kani hyppäsi alas suureen kaninkoloon
¡En otro momento, Alicia bajó detrás del conejo!
Toisessa hetkessä alas meni Liisa jäniksen perään!
La madriguera del conejo seguía recto como un túnel
Kaninkolo meni suoraan eteenpäin kuin tunneli
Y el túnel siguió avanzando a cierta distancia
ja tunneli jatkui jonkin matkaa
Y entonces el camino de repente se hundió

ja sitten polku yhtäkkiä putosi alas
Alicia no tuvo ni un momento para pensar en detenerse
Liisalla ei ollut hetkeäkään aikaa ajatella itsensä pysäyttämistä
Se encontró a sí misma cayendo y abajo y abajo
Hän huomasi kaatuvansa alas ja alas ja alas
Parecía como si hubiera caído en un pozo muy profundo
Näytti siltä kuin hän olisi pudonnut hyvin syvään kaivoon
O el pozo era muy profundo, o ella caía muy lentamente
Joko kaivo oli hyvin syvä tai hän putosi hyvin hitaasti
porque tenía tiempo de sobra para caer
koska hänellä oli runsaasti aikaa pudota
Mientras caía, podía mirar a su alrededor
Kun hän kaatui, hän pystyi katsomaan ympärilleen
Primero, trató de averiguar a dónde iba
Ensin hän yritti selvittää, minne hän oli menossa
Pero el pozo estaba demasiado oscuro para ver nada
mutta kaivo oli liian pimeä nähdäkseen mitään
Luego miró a los lados del pozo
Sitten hän katsoi kaivon reunoja
Y se dio cuenta de que había armarios a su alrededor
Ja hän huomasi, että hänen ympärillään oli kaappeja
y alrededor del pozo había estanterías de libros
ja kaikkialla kaivon ympärillä oli kirjahyllyjä
Aquí y allá veía mapas y cuadros colgados de perchas
Siellä täällä hän näki karttoja ja kuvia, jotka oli ripustettu
tappeihin
Al pasar, bajó un frasco de una de las estanterías
Hän otti purkin yhdeltä hyllyltä kulkiessaan ohi
El frasco estaba etiquetado por su contenido
Purkki oli merkitty sen sisällön vuoksi
"MERMELADA DE NARANJAS"
"APPELSIINEISTA VALMISTETTU MARMELADI"
**Pero, para su gran decepción, el frasco de mermelada estaba
vacío**
Mutta hänen suureksi pettymyksekseen marmeladipurkki oli
tyhjä
No quería dejar caer el tarro de mermelada vacío

Hän ei halunnut pudottaa tyhjää marmeladipurkkia
y su caída fue muy lenta
ja hänen putoamisensa oli hyvin hidasta
Así que se las arregló para poner el frasco de mermelada en uno de los armarios
Joten hän onnistui laittamaan marmeladipurkin yhteen kaapeista
¡Abajo, abajo, abajo, ella cae!
Alas, alas, alas hän putoaa!
¿Llegaría alguna vez la caída a su fin?
Loppuisiko lankeemus koskaan?
No había nada más que hacer
Ei ollut muuta tekemistä
así que Alicia pronto empezó a hablar consigo misma
niin Liisa alkoi pian puhua itsekseen
—¡Dinah me echará mucho de menos esta noche, creo!
"Dinah kaipaa minua kovasti tänä iltana, luulisin!"
Dinah era la gata de Alicia
Dinah oli Liisan kissa
"Espero que se acuerden de su plato de leche a la hora del té"
"Toivon, että he muistavat hänen maitolautasensa teeaikaan"
—¡Dinah, querida, desearía que estuvieras aquí abajo conmigo!
"Dinah, rakas, toivon, että olisit täällä kanssani!"
Alicia sintió que se estaba quedando dormida
Liisa tunsi torkahtavansa
Y de repente, ¡pum! ¡golpe!
Ja sitten yhtäkkiä, tönäisy! jyskyttää!
Cayó sobre un montón de palos
alas hän putosi keppikasaan
y aterrizó sobre un montón de hojas secas
ja hän laskeutui kasaan kuivia lehtiä
Y finalmente la larga caída por el agujero había terminado
ja lopulta pitkä pudotus kuoppaan oli ohi
Alicia no estaba herida en lo más mínimo
Liisa ei ollut vähääkään loukkaantunut
Y se levantó de un salto en un momento

ja hän hyppäsi ylös hetkessä
Alzó la vista, pero todo estaba oscuro sobre su cabeza
Hän katsahti ylös, mutta yläpuolella oli pimeää
Frente a ella había otro largo pasillo
Hänen edessään oli toinen pitkä käytävä
y el Conejo Blanco seguía a la vista
ja valkoinen kani oli vielä näkyvissä
Corría por el pasillo
Hän kiiruhti käytävää pitkin
No había un momento que perder
Ei ollut hetkeäkään hukattavana
Alicia salió corriendo como el viento
pois juoksi Liisa kuin tuuli
A la vuelta de la esquina giró el conejo
kulman takana kääntyi kani
Llegó justo a tiempo para oír al conejo
Hän oli juuri ajoissa kuulemassa kania
"Oh, mis orejas y bigotes"
"Voi, korvani ja viikseni"
"¡Qué tarde se está haciendo!"
"Kuinka myöhään se tulee!"
Estaba muy cerca del conejo
Hän oli lähellä kanin takana
Dobló otra esquina
Hän kääntyi toisen kulman taakse
pero el Conejo ya no se dejaba ver
mutta Kania ei enää näkynyt
Se encontró en un pasillo largo y bajo
Hän löysi itsensä pitkästä, matalasta salista
La sala estaba iluminada por una hilera de lámparas de techo
Salia valaisi rivi kattovalaisimia
Había puertas por todo el pasillo
Ovia oli ympäri salia
pero todas las puertas estaban cerradas con llave
Mutta kaikki ovet olivat lukossa
Caminó por un lado del pasillo
Hän käveli koko matkan salin toista puolta pitkin

Y ella había caminado todo el camino hasta el otro lado de la sala
ja hän oli kävellyt koko matkan salin toiselle puolelle
Había intentado todas las puertas
Hän oli kokeillut jokaista ovea
Y caminó tristemente por el centro del pasillo
ja hän käveli surullisena keskellä salia
"¿Cómo voy a volver a salir?"
"Kuinka pääsen enää koskaan ulos?"

De repente se encontró con una mesita
Yhtäkkiä hän tuli pienelle pöydälle
La mesa estaba hecha completamente de vidrio macizo
Pöytä oli valmistettu kokonaan kiinteästä lasista
No había nada sobre la mesa, excepto una pequeña llave dorada
Pöydällä ei ollut muuta kuin pieni kultainen avain

¡La llave podría pertenecer a una de las puertas!
Avain saattaa kuulua johonkin ovista!
Pero, ¡ay! Algunas de las cerraduras eran demasiado grandes para las llaves
Mutta valitettavasti! Osa lukoista oli liian suuria avaimille
y para las otras cerraduras la llave era demasiado pequeña
ja muille lukoille avain oli liian pieni
Pero, en cualquier caso, la llave no abrió ninguna de las puertas
Mutta joka tapauksessa avain ei avannut mitään ovista
Pero, ¿qué iba a hacer ella?
Mutta mitä hänen piti tehdä?
Volvió a atravesar el pasillo
Hän meni salin läpi uudelleen
Y esta vez se fijó en una cortina baja
Ja tällä kertaa hän huomasi matalan verhon
Detrás de la cortina había una puertecita
Verhon takana oli pieni ovi
La puerta tenía unos quince centímetros de alto
ovi oli noin viisitoista tuumaa korkea
Probó la pequeña llave dorada en la cerradura
Hän kokeili pientä kultaista avainta lukossa
Y para su gran deleite, ¡la llave encajó en la cerradura!
Ja hänen suureksi ilokseen avain mahtui lukkoon!
Alicia abrió la puerta
Liisa avasi oven
Y encontró que la puerta daba a un pequeño pasillo
ja hän huomasi, että ovi johti pieneen käytävään
El corredor no era mucho más grande que una madriguera de ratas
Käytävä ei ollut paljon suurempi kuin rotanreikä
Se arrodilló y miró a lo largo del pasillo
Hän polvistui ja katsoi käytävää pitkin
Y ella vio el jardín más hermoso que jamás hayas visto
ja hän näki ihanimman puutarhan, jonka olet koskaan nähnyt
¡Cómo anhelaba salir de ese oscuro salón
kuinka hän kaipasi päästä pois tuosta pimeästä salista

cómo quería vagar entre esas flores brillantes
Kuinka hän halusi vaeltaa noiden kirkkaiden kukkien keskellä
¡Qué genial se veían esas fuentes
Kuinka siistiltä, virkistävältä nuo suihkulähteet näyttivät;
Pero ni siquiera podía meter la cabeza por la puerta
Mutta hän ei saanut edes päätään oviaukosta
-¡Oh! -exclamó Alicia con tristeza-
"Voi", Liisa sanoi murheellisena
"¡Cómo desearía poder plegarme como un telescopio!"
"Kuinka toivonkaan, että voisin taittaa kokoon kuin
kaukoputki!"
"Creo que podría plegarme como un telescopio"
"Luulen, että voisin taittaa kokoon kuin kaukoputki"
"Si supiera cómo empezar"
"jos vain tietäisin, miten aloittaa"
Alicia volvió a la mesa
Liisa meni takaisin pöytään
Existía la posibilidad de encontrar otra llave
Oli mahdollisuus löytää toinen avain
O podría haber un libro de reglas
Tai siellä voi olla sääntökirja
El libro podría decirle cómo plegarse como un telescopio
Kirja voisi kertoa hänelle, kuinka taittaa kokoon kuin
kaukoputki
Esta vez encontró una botellita
Tällä kertaa hän löysi pienen pullon
—Esta botella no estaba aquí antes —dijo Alicia—
"Tämä pullo ei todellakaan ollut täällä ennen", sanoi Liisa
**y atada alrededor del cuello de la botella había una etiqueta
de papel**
ja pullon kaulan ympärille oli sidottu paperinen etiketti
La etiqueta estaba bellamente impresa en letras grandes
Etiketti oli painettu kauniisti suurilla kirjaimilla
"BÉBEME"
"JUO MINUT"
—No, miraré primero —dijo ella—
"Ei, katson ensin", hän sanoi

"Veré si la botella está marcada como venenosa o no"
"Katsotaan, onko pullo merkitty myrkylliseksi vai ei."
porque nunca olvidó la lección sobre el veneno
Koska hän ei koskaan unohtanut myrkkyä koskevaa opetusta
"Si una botella está etiquetada como venenosa, es probable
que no esté de acuerdo contigo"
"Jos pullo on merkitty myrkylliseksi, se on varmasti eri mieltä
kanssasi"
Sin embargo, esta botella no estaba marcada como venenosa
Tätä pulloa ei kuitenkaan merkitty myrkylliseksi
así que Alicia se aventuró a probar el contenido de la botella
niin Liisa uskaltautui maistamaan pullon sisältöä
Encontró el líquido bastante de su agrado
Hän löysi nesteen aivan mieleisekseen
La bebida tenía una especie de sabor mezclado
Juomassa oli eräänlainen sekamaku
tarta de cerezas, natillas y piña
Kirsikankirttu, vaniljakastike ja ananas
Pavo asado, caramelo y tostadas con mantequilla caliente
Paahdettua kalkkunaa, toffeea ja paahtoleipää kuumalla voilla
Y pronto acabó la botella
ja pian hän lopetti pullon
-¡Qué sensación tan curiosa! -exclamó Alicia-
"Mikä kummallinen tunne!" sanoi Liisa
"¡Me estoy pliegando como un telescopio!"
"Taitan kokoon kuin kaukoputki!"
¡Y se estaba pliegando como un telescopio!
Ja hän taittui ylös kuin kaukoputki!
Ahora solo medía diez pulgadas de alto
Hän oli nyt vain kymmenen tuumaa korkea
y su rostro se iluminó con sus pensamientos
ja hänen kasvonsa kirkastuivat hänen ajatuksistaan
Ahora ella tenía el tamaño adecuado para la pequeña puerta
Nyt hän oli oikean kokoinen pieneen oveen
Ahora podía entrar en ese hermoso jardín
Nyt hän voisi mennä tuohon ihanaan puutarhaan
Pronto dejó de hacerse más pequeña

Pian hän lakkasi pienenemästä
Decidió ir al jardín de inmediato
Hän päätti mennä heti puutarhaan
pero, ¡ay de la pobre Alicia!
mutta valitettavasti Liisa parka!
Llegó a la puerta
Hän pääsi ovelle
Pero había olvidado la pequeña llave de oro
Mutta hän oli unohtanut pienen kultaisen avaimen
Volvió a la mesa en busca de la llave
Hän meni takaisin pöytään hakemaan avainta
Pero se dio cuenta de que no podía llegar lo suficientemente alto
Mutta hän huomasi, ettei hän voinut kurkottaa tarpeeksi korkealle
Podía ver la llave claramente a través del cristal
Hän näki avaimen aivan selvästi lasin läpi
Trató de trepar por las patas de la mesa
Hän yritti kiivetä pöydän jalkoja pitkin
Pero el cristal era demasiado resbaladizo
Mutta lasi oli aivan liian liukas
Con el tiempo se cansó de intentarlo
Lopulta hän väsytti itsensä yrittämään
Y la pobre niña se sentó y lloró
ja pieni tyttöparka istuutui ja itki
Alicia se habló a sí misma con bastante brusquedad
Liisa puhui itsekseen melko terävästi
"¡Vamos, no sirve de nada llorar así!"
"Tule, ei ole mitään hyötyä itkeä noin!"
"¡Te aconsejo que te detengas ahora mismo!"
"Kehotan sinua lopettamaan juuri tällä hetkellä!"
En general, se daba muy buenos consejos
Hän antoi yleensä itselleen erittäin hyviä neuvoja
aunque muy rara vez seguía sus propios consejos
vaikka hän hyvin harvoin noudatti omia neuvojaan
Y a veces era demasiado dura consigo misma
ja hän oli joskus liian ankara itselleen

**y sus palabras hicieron que se le llenaran los ojos de
lágrimas**
ja hänen sanansa toivat kyyneleet hänen silmiinsä
Pronto sus ojos se posaron en una cajita de cristal
Pian hänen silmänsä osui pieneen lasilaatikkoon
La cajita de cristal estaba debajo de la mesa
Pieni lasilaatikko makasi pöydän alla
En la caja de cristal había un pastel muy pequeño
Lasilaatikossa oli hyvin pieni kakku
En el pastel, algunas palabras estaban bellamente escritas
Kakun päälle oli kirjoitettu kauniisti joitakin sanoja
Las palabras habían sido marcadas con grosellas
Sanat oli merkitty herukoihin
"CÓMEME"
"SYÖ MINUA"
—Bueno, me comeré el pastel —dijo Alicia—
"No, minä syön kakun", sanoi Liisa
"y si el pastel me hace crecer, puedo llegar a la llave"
"ja jos kakku saa minut kasvamaan suuremmaksi, voin
saavuttaa avaimen"
**"y si el pastel me hace más pequeño, puedo arrastrarme por
debajo de la puerta"**
"ja jos kakku saa minut pienenemään, voin hiipiä oven alle"
"así que de cualquier manera me meteré en el jardín"
"joten joka tapauksessa pääsen puutarhaan"
"¡Y no me importa cuál de los dos suceda!"
"enkä välitä siitä, kumpi näistä kahdesta tapahtuu!"
Se comió un pedacito del pastel
Hän söi vähän kakkua
Y se habló a sí misma con ansiedad:
ja hän puhui huolestuneena itsekseen:
—¿De qué manera? ¿Hacia dónde?
"Millä tavalla? Millä tavalla?"
Y se llevó la mano a la cabeza
ja hän piti kättään päänsä päällä
Quería sentir de qué manera estaba creciendo
Hän halusi tuntea, mihin suuntaan hän kasvoi

Se sorprendió bastante al descubrir lo que había sucedido

Hän oli melko yllättynyt huomatessaan, mitä oli tapahtunut

¡Había permanecido del mismo tamaño!

Hän oli pysynyt samankokoisena!

Así que esta vez redobló sus esfuerzos

Joten tällä kertaa hän kaksinkertaisti ponnistelunsa

Y pronto terminó todo el pastel

ja pian hän viimeisteli koko kakun

El charco de lágrimas

Kyynelten allas

-¡Esto se está poniendo cada vez más interesante! -exclamó
Alicia-

"Tästä tulee yhä mielenkiintoisempaa!" huudahti Liisa

Se puede ver que estaba muy sorprendida

Voit nähdä, että hän oli hyvin yllättynyt

**"¡Me estoy abriendo como el telescopio más grande que
jamás haya existido!"**

"Avaudun kuin suurin teleskooppi, joka on koskaan ollut!"

—¡Adiós, pies! ¡Oh, mis pobres piecitos!

"Hyvästi, jalat! Voi, pienet jalkaraukkani"

**"Me pregunto quién se pondrá sus zapatos por ustedes
ahora, queridos".**

"Ihmettelen, kuka laittaa kengät sinulle nyt, rakkaat?"

—¿Y me pregunto quién se pondrá las medias?

"ja ihmettelen, kuka laittaa sukkasi jalkaan?"

"Estaré demasiado lejos"

"Olen aivan liian kaukana"

"No podré preocuparme más por ti"

"En voi enää vaivata itseäni sinusta"

Justo en ese momento su cabeza golpeó contra algo

Juuri tällä hetkellä hänen päänsä iski jotain vasten

Había llegado al techo de la sala

Hän oli päässyt salin katolle

De hecho, ahora medía más de dos metros de altura

Itse asiassa hän oli nyt yli kaksi metriä pitkä

Y al instante tomó la pequeña llave de oro

ja hän tarttui heti pieneen kultaiseen avaimeen

Y se apresuró a llegar a la puerta del jardín

ja hän kiiruhti puutarhan ovelle

¡Pobre Alicia! No había mucho que pudiera hacer

Liisa parka! Hän ei voinut tehdä paljon

Se acostó de lado

Hän makasi toisella puolella

Y miró al jardín con un ojo

ja hän katsoi toisella silmällä puutarhaan

Pero salir adelante era más desesperado que nunca
Mutta läpi pääseminen oli toivottomampaa kuin koskaan
Se sentó y comenzó a llorar de nuevo
Hän istuutui ja alkoi taas itkeä
Siguió derramando galones de lágrimas
Hän jatkoi vuodattamista gallonaa kyyneleitä
Pronto había un gran estanque a su alrededor
Pian hänen ympärillään oli suuri uima-allas
Y el agua llegaba hasta la mitad del pasillo
ja vesi ulottui salin puoliväliin
Al cabo de un rato, oyó un pequeño golpeteo de pies
Jonkin ajan kuluttua hän kuuli pienen jalkojen räjähdyksen
Oyó los pasos que venían de lejos
Hän kuuli jalkojen tulevan kaukaa
Y se secó los ojos apresuradamente para ver lo que venía
ja hän kuivasi kiireesti silmänsä nähdäkseen, mitä oli tulossa
Era el Conejo Blanco que regresaba
Se oli Valkoinen kani palaamassa
Iba espléndidamente vestido
Hän oli upeasti pukeutunut
Tenía un par de guantes blancos en una mano
Hänellä oli valkoiset hanskat toisessa kädessään
y tenía un gran abanico de plumas en la otra mano
ja hänellä oli suuri höyhentuuletin toisessa kädessä
Llegó trotando a toda prisa
Hän tuli raveissa kovalla kiireellä
y murmuró para sí: "¡Oh! ¡La duquesa, la duquesa!
ja hän mutisi itsekseen: "Voi! herttuatar, herttuatar!"
—¡Oh! ¡No será salvaje si la he hecho esperar!
"Voi! Eikö hän ole villi, jos olen antanut hänen odottaa!"

Cuando el Conejo se acercó a ella, Alicia habló
Kun Kani tuli hänen lähelleen, Liisa puhui
Pero ella hablaba en voz baja y tímida
Mutta hän puhui matalalla, aralla äänellä
"Señor, por favor, deje de hacer lo que está haciendo por un momento"
"Herra, lopeta se, mitä teet hetkeksi"
El Conejo se sobresaltó violentamente
Kani säikähti rajusti
Dejó caer los guantes blancos y el abanico de plumas
Hän pudotti valkoiset hanskat ja höyhentuulettimen
Y se escabulló en la oscuridad lo más rápido que pudo
ja hän ryntäsi pois pimeyteen niin nopeasti kuin pystyi
Alicia recogió el abanico de plumas y los guantes
Liisa otti höyhenviuhkan ja hanskat käteensä
Y no paraba de abanicarse mientras seguía hablando
ja hän jatkoi itsensä tuulettamista, kun hän jatkoi puhumista
"¡Querido, querido! ¡Qué extraño es todo hoy!"
"Rakas, rakas! Kuinka outoa kaikki onkaan tänään!"

"Ayer las cosas siguieron como siempre"
"Eilen asiat jatkuivat ihan normaalisti"
—¿Era yo el mismo cuando me levanté esta mañana?
"Olinko sama, kun nousin tänä aamuna?"
"Pero si no soy el mismo, hay otra cuestión"
"Mutta jos en ole sama, on toinen kysymys"
"¿Quién demonios soy yo?"
"Kuka ihmeessä minä olen?"
"¡Ah, ese es el gran rompecabezas!"
"Ah, se on suuri palapeli!"
Al decir esto, se miró las manos
Kun hän sanoi tämän, hän katsoi alas käsiinsä
Llevaba uno de los Conejos, gusanos blancos
Hänellä oli yllään yksi kaneista, pienet valkoiset käsineet
No se había dado cuenta de que se había puesto el guante
mientras hablaba
Hän ei ollut huomannut laittaneensa hanskaa päähänsä
puhuessaan
"¿Cómo pude haber hecho eso?", pensó
"Kuinka olen voinut tehdä sen?" hän ajatteli
"Debo estar haciéndome pequeño otra vez"
"Minun täytyy kasvaa taas pieneksi"
Se levantó y se acercó a la mesa para medir su altura
Hän nousi ylös ja meni pöydän ääreen mittaamaan pituutensa
Descubrió que ahora medía aproximadamente medio metro
de altura
Hän huomasi olevansa nyt noin puoli metriä pitkä
Y ella seguía encogiéndose rápidamente
ja hän kutistui edelleen nopeasti
Pronto descubrió cuál era la causa del encogimiento
Hän sai pian selville, mikä oli kutistumisen syy
¡El abanico de plumas la estaba haciendo más pequeña de
nuevo!
Höyhentuuletin pienensi häntä jälleen!
Y dejó caer el abanico de plumas apresuradamente
ja hän pudotti höyhentuulettimen kiireesti
Dejó caer el abanico de plumas justo a tiempo para salvarse

Hän pudotti höyhentuulettimen juuri ajoissa pelastaakseen
itsensä
**Si se hubiera abanicado por más tiempo, se habría encogido
por completo**
Jos hän olisi enää tuulettanut itseään, hän olisi kutistunut
kokonaan pois;
-¡Ha sido una fuga por los pelos! -dijo Alicia-
"Se oli täpärä pakotie!" sanoi Liisa
Y se asustó mucho ante el cambio repentino
ja hän pelästyi kovasti äkillistä muutosta
**pero estaba muy contenta de encontrarse todavía en
existencia**
Mutta hän oli hyvin iloinen huomatessaan, että hän oli yhä
olemassa
—¡Y ahora, al jardín!
"Ja nyt, pois puutarhaan!"
Y corrió a toda prisa hacia la puertecita
Ja hän juoksi nopeasti takaisin pienelle ovelle
Pero, ¡ay! La puertecita se cerró de nuevo
Mutta valitettavasti! Pieni ovi suljettiin jälleen
**Y la pequeña llave de oro volvía a estar sobre la mesa de
cristal**
ja pieni kultainen avain makasi taas lasipöydällä
"Las cosas están peor que nunca", pensó el pobre niño
"Asiat ovat pahemmin kuin koskaan", ajatteli lapsiparka
"Nunca antes había sido tan pequeño como esto, ¡nunca!"
"En ole koskaan ennen ollut näin pieni, en koskaan!"
Al decir estas palabras, su pie resbaló
Kun hän sanoi nämä sanat, hänen jalkansa luiskahti
¡Y en otro momento hubo un gran chapoteo!
Ja toisessa hetkessä oli suuri roiske!
Estaba sumergida en agua salada hasta la barbilla
Hän oli leukaansa myöten suolavedessä
**Su primera idea fue que de alguna manera había caído al
mar**
Hänen ensimmäinen ajatuksensa oli, että hän oli jotenkin
pudonnut mereen

Sin embargo, pronto se dio cuenta de en qué estaba metida
Hän kuitenkin tajusi pian, missä hän oli
Estaba en un charco de lágrimas
Hän oli kyynellammikossa
las lágrimas que había llorado cuando tenía dos metros de altura
kyyneleet, joita hän oli itkenyt ollessaan kaksi metriä pitkä

Justo en ese momento escuchó algo
Juuri silloin hän kuuli jotain
Algo chapoteaba en la piscina
Jotain roiskui uima-altaassa
El chapoteo venía de un poco más lejos
Roiskeet tulivat vähän matkan päästä
Y se acercó nadando para ver qué era el chapoteo
ja hän ui lähemmäs nähdäkseen, mitä roiskeet olivat
Pronto vio que era solo un ratoncito
Hän huomasi pian, että se oli vain pieni hiiri
El ratoncito también se había metido en el agua
Pieni hiirikin oli livahtanut veteen
Alicia pensó para sí misma sobre la situación

Liisa mietti tilannetta itsekseen
—¿Serviría de algo hablar con este ratón?
"Olisiko mitään hyötyä puhua tälle hiirelle?"
"Aquí todo está tan al revés"
"Täällä kaikki on niin ylösalaisin"
"Creo que es muy probable que este ratón pueda hablar"
"Pitäisin hyvin todennäköisenä, että tämä hiiri osaa puhua"
"En cualquier caso, no hay nada de malo en intentarlo"
"Ainakaan yrittämisestä ei ole haittaa"
Así que empezó a tratar de hablar con el ratón
Niinpä hän alkoi yrittää puhua hiirelle
"Oh Ratón, ¿conoces la forma de salir de esta piscina?"
"Voi hiiri, tiedätkö tien ulos tästä altaasta?"
—¡Estoy muy cansado de nadar por aquí, oh ratón!
"Olen hyvin kyllästynyt uimaan täällä, voi hiiri!"
El ratón la miró con curiosidad
Hiiri katsoi häntä melko uteliaasti
El ratón parecía guiñar un ojo con uno de sus ojitos
Hiiri näytti iskevän silmää yhdellä pienistä silmistään
Pero el ratoncito no dijo nada
Mutta pieni hiiri ei sanonut mitään
"A lo mejor el ratón no entiende inglés", pensó Alicia
"Ehkä hiiri ei ymmärrä englantia", ajatteli Liisa
"Me atrevo a decir que es un ratón francés"
"Uskallan väittää, että se on ranskalainen hiiri"
"tal vez este ratón vino con Guillermo el Conquistador"
"ehkä tämä hiiri tuli William Valloittajan kanssa"
Así que empezó de nuevo, en francés
Niinpä hän aloitti uudelleen, ranskaksi
"¿Dónde está mi gato?", preguntó en francés
"Missä kissani on?" hän kysyi ranskaksi
era la primera frase de su libro de clases de francés
se oli hänen ranskan oppikirjansa ensimmäinen lause
El Ratón dio un súbito salto fuera del agua
Hiiri hyppäsi yhtäkkiä vedestä
y el ratón pareció temblar de miedo
ja hiiri näytti vapisevan pelosta

-¡Oh, le ruego que me perdone! -exclamó Alicia apresuradamente-

"Voi, pyydän anteeksi!" huudahti Liisa kiireesti

Temía haber herido los sentimientos del pobre animal

Hän pelkäsi, että hän oli loukannut eläinparan tunteita

"Olvidé que no te gustaban los gatos"

"Unohdin täysin, ettet pitänyt kissoista"

—¡No me gustan los gatos! —exclamó el ratón con voz estridente y apasionada—

"En pidä kissoista!" huusi Hiiri kiihkeällä, intohimoisella äänellä

—¿Te gustaría tener gatos, si fueras yo?

"Haluaisitko kissoja, jos olisit minä?"

Alicia consoló al ratón en un tono tranquilizador

Liisa lohdutti hiirtä rauhoittavalla äänellä

"Bueno, tal vez a mí tampoco me gustarían los gatos si fuera tú"

"No, ehkä en myöskään haluaisi kissoja, jos olisin sinä"

"Por favor, no te enfades por la mención de los gatos"

"Älä ole vihainen kissojen mainitsemisesta"

"Y, sin embargo, desearía poder mostrarte a nuestra gata Dinah"

"Ja silti toivon, että voisin näyttää sinulle kissamme Dinahin"

"Si la conocieras, creo que te encapricharías de los gatos"

"Jos tapaisit hänet, luulen, että pitäisit kissoista"

"Si tan solo pudieras verla"

"Jos vain näkisit hänet"

"Es una cosa tan querida y tranquila"

"Hän on niin rakas, hiljainen asia"

El ratón temblaba por todas partes

Hiiri tärisi kaikkialla

Alicia estaba segura de que el ratón debía de estar realmente ofendido

Liisa oli varma, että hiiri oli todella loukkaantunut

"No hablaremos más de ella, si prefieres no hacerlo"

"Emme puhu hänestä enää, jos et halua"

-¡Nosotros, en efecto! -exclamó el Ratón-

"Me, todellakin!" huudahti Hiiri
El ratón temblaba hasta la punta de la cola
Hiiri vapisi hännän päähän asti
—¡Como si fuera a hablar de un tema así!
"Ikään kuin puhuisin sellaisesta aiheesta!"
"Nuestra familia siempre odió a los gatos"
"Perheemme vihasi aina kissoja"
"Gatos; ¡Cosas desagradables, bajas, vulgares!"
"kissat; ilkeitä, alhaisia, mauttomia asioita!"
"¡No dejes que vuelva a escuchar el nombre!"
"Älä anna minun kuulla nimeä enää!"
-¡No volveré a hablar de los gatos! -dijo Alicia-
"En todellakaan mainitse kissoja enää!" sanoi Liisa
Tenía mucha prisa por cambiar de tema
Hänellä oli suuri kiire vaihtaa aihetta
"¿Eres tú... ¿Te gustan los perros?
"Oletko ... Pidätkö koirista?"
"Hay un perrito tan simpático cerca de nuestra casa"
"Talomme lähellä on niin mukava pieni koira."
—¡Me gustaría enseñarte el perrito!
"Haluaisin näyttää sinulle pienen koiran!"
"Este perrito mata a todas las ratas y...
"Tämä pieni koira tappaa kaikki rotat ja...
-¡Oh, querida! -exclamó Alicia en tono triste-
"Voi, rakas!" huudahti Liisa murheellisella äänellä
"¡Me temo que te he ofendido de nuevo!"
"Pelkään, että olen loukannut sinua taas!"
El ratón se alejaba nadando de ella tan rápido como podía
Hiiri ui poispäin hänestä niin nopeasti kuin se pystyi
menemään
y el ratón hizo un gran alboroto en la piscina
ja hiiri teki melkoisen hälinän uima-altaassa
Así que llamó suavemente al ratón
Niinpä hän huusi hiljaa hiiren perään
"¡Mi querido ratón, por favor vuelve!"
"Rakas hiiri, tule takaisin!"
"Y no hablaremos de gatos"

"Emmekä puhu kissoista"
"Y tampoco tenemos que hablar de perros"
"Eikä meidän tarvitse puhua koiristakaan"
Cuando el ratón escuchó esto, se dio la vuelta
Kun hiiri kuuli tämän, se kääntyi ympäri
Y el ratoncito nadó lentamente de regreso a ella
ja pieni hiiri ui hitaasti takaisin hänen luokseen
La cara del ratón estaba bastante pálida
Hiiren kasvot olivat melko vaaleat
Y el ratón habló, en voz baja y temblorosa
ja hiiri puhui matalalla, vapisevalla äänellä
"Vamos a la orilla"
"Mennään rannalle"
"y luego te contaré mi historia"
"ja sitten kerron sinulle historiani"
"y entenderás por qué odio a los gatos y a los perros"
"ja ymmärrät, miksi vihaan kissoja ja koiria"
Ya era hora de partir
Oli tullut korkea aika lähteä
porque la piscina se estaba llenando bastante
koska uima-allas oli melko täynnä
Otros pájaros y animales habían caído en el estanque
muut linnut ja eläimet olivat pudonneet altaaseen
había un pato y un dodo
siellä oli Ankka ja Dodo
y había un pájaro lori y un aguilucho
ja siellä oli Lory-lintu ja kotka
Y había varias otras criaturas de aspecto interesante
ja siellä oli useita muita mielenkiintoisen näköisiä olentoja
Alicia abrió el camino para salir de la piscina
Liisa näytti tietä ulos altaasta
Y todo el grupo de animales nadó hasta la orilla
ja koko joukko eläimiä ui rannalle

Una carrera de caucus y una larga cola
Caucus-kilpailu ja pitkä häntä
De hecho, eran un grupo de animales de aspecto gracioso
He olivat todellakin hauskan näköinen joukko eläimiä
Y todos se reunieron a la orilla del agua
ja he kaikki kokoontuivat veden rannalle
Todos los pájaros tenían las plumas desaliñadas
Kaikilla linnuilla oli rypistyneet höyhenet
y los animales peludos estaban empapados
ja karvaiset eläimet kastuivat läpikotaisin
y todos estaban empapados, molestos e incómodos
ja kaikki tippuivat märkinä, ärsyyntyneinä ja epämukavina

Había una pregunta que había que responder primero
Ensin oli vastattava yhteen kysymykseen
¿Cuál es la mejor manera de que todos se sequen?
Mikä on paras tapa kaikille kuivua?
Tuvieron una consulta sobre este asunto
He neuvottelivat asiasta
Pronto todos se sintieron en términos familiares
Pian he olivat kaikki tutuissa väleissä

Era como si los conociera de toda la vida
Oli kuin hän olisi tuntenut heidät koko elämänsä
El ratón parecía ser una persona de cierta autoridad
Hiiri näytti olevan jonkin auktoriteetin henkilö
"¡Siéntense todos y escúchenme!
"Istukaa alas, te kaikki, ja kuunnelkaa minua!
"¡Pronto los volveré a secar!"
"Laitan teidät pian taas kuiviksi!"
Se sentaron todos a la vez, en un gran círculo
He kaikki istuivat kerralla, suuressa renkaassa
y el ratoncito se sentó en el medio
ja pieni hiiri istui keskellä
—¡Ejem! —dijo el ratón con aire importante—
"Ahem!" sanoi hiiri tärkeällä tuulella
"¿Están todos listos?"
"Oletteko kaikki valmiita?"
"Esto es lo más seco que conozco"
"Tämä on kuivin asia, jonka tiedän"
—¡Silencio por todas partes, por favor!
"Hiljaisuus kaikkialla, jos haluat!"
"Guillermo el Conquistador fue favorecido por el Papa"
"William Valloittaja oli paavin suosiossa"
"pero pronto fue sometido por los ingleses"
"mutta englantilaiset alistuivat häneen pian"
"Últimamente querían líderes"
"He halusivat viime aikoina johtajia"
"Y se habían acostumbrado al poder y a la conquista"
"Ja he olivat tottuneet valtaan ja valloitukseen"
"Edwin y Morcar, los condes de Mercia y Northumbria"
"Edwin ja Morcar, Mercian ja Northumbrian jaarlit"
—¡Uf! —exclamó el pájaro lori con un escalofrío—
"Ugh!" sanoi lori-lintu väristen;
"e incluso Stigand, el patriota arzobispo de Canterbury"
"ja jopa Stigand, Canterburyn isänmaallinen arkkipiispa"
"A él también le pareció aconsejable"
"Hän piti sitä myös suositeltavana"
-¿Qué le pareció aconsejable? -dijo el pato-

"Mitä hän piti suositeltavana?" kysyi ankka
**—Le pareció aconsejable —replicó el ratón con cierto
enfado—**
"Hän piti sitä suositeltavana", hiiri vastasi melko ristiin
Pero el pato no estaba satisfecho
Mutta ankka ei ollut tyytyväinen
"Por supuesto, ya sabes lo que significa"
"Tietysti tiedät, mitä 'se' tarkoittaa"
—Sé lo que es cuando encuentro una cosa —dijo el pato—
"Tiedän, mikä 'se' on, kun löydän jotain", sanoi ankka
"Generalmente es una rana o un gusano"
"Se on yleensä sammakko tai mato"
"La pregunta es, ¿qué encontró el arzobispo?"
"Kysymys kuuluu, mitä arkkipiispa löysi?"
El ratón no se dio cuenta de esta pregunta
Hiiri ei huomannut tätä kysymystä
**En cambio, el ratón continuó apresuradamente con el
discurso**
Sen sijaan hiiri jatkoi kiireesti puhetta
"le pareció aconsejable ir con Edgar Atheling"
"hän piti suositeltavana mennä Edgar Athelingin kanssa"
"para encontrarme con Guillermo y ofrecerle la corona"
"tavata William ja tarjota hänelle kruunu"
el ratón continuó, volviéndose hacia Alicia mientras hablaba
hiiri jatkoi ja kääntyi Liisan puoleen puhuessaan
—¿Cómo te va ahora, querida?
"Kuinka voit nyt, kultaseni?"
**—Tan mojado como siempre —dijo Alicia en tono
melancólico—**
"Yhtä märkä kuin ennenkin", sanoi Liisa surumielisellä äänellä
"Esta historia no parece que me seque en absoluto"
"Tämä tarina ei tunnu kuivattavan minua ollenkaan"
**—En ese caso —dijo solemnemente el dodo, poniéndose en
pie—**
"Siinä tapauksessa", dodo sanoi juhlallisesti ja nousi jaloilleen
"Voto que se levante la sesión"
"Äänestän kokouksen keskeyttämisen puolesta"

"y propongo la adopción inmediata de remedios más enérgicos"

"ja ehdotan välittömästi energisempien korjaustoimenpiteiden käyttöönottoa"

—¡Di palabras de verdad! —dijo el aguilucho—

"Puhu oikeita sanoja!" sanoi kotka

"No conozco el significado de la mitad de esas palabras largas"

"En tiedä mitä puolet noista pitkistä sanoista tarkoittaa"

—¡Y, lo que es más, tampoco creo que tú lo sepas!

"ja mikä parasta, en usko, että sinäkään tiedät!"

—Lo que iba a decir —dijo el dodo en tono ofendido—

"Mitä aioin sanoa", sanoi dodo loukkaantuneella äänellä

"Lo mejor para deshacernos sería una contienda electoral"

"Paras tapa saada meidät kuiviin olisi caucus-kilpailu"

—¿Qué es una contienda electoral? —preguntó Alicia

"Mikä on kaukasus-rotu?" kysyi Liisa

—Bueno —dijo el dodo—, la mejor manera de explicarlo es hacerlo.

"No", sanoi dodo, "paras tapa selittää se on tehdä se."

"Primero el dodo trazó un hipódromo"

"Ensin dodo merkitsi kilparadan"

"La pista estaba en una especie de círculo"

"Rata oli eräänlaisessa ympyrässä"

"Y luego todo el grupo se colocó a lo largo del recorrido"

"Ja sitten kaikki puolueet sijoitettiin radan varrelle"

No hubo "¡Uno, dos, tres y fuera!"

Ei ollut "Yksi, kaksi, kolme ja pois!"

pero empezaron a correr cuando quisieron

Mutta he alkoivat juosta, kun halusivat

Y también terminaban cuando querían

Ja he myös lopettivat, kun halusivat

Así que no era fácil saber cuándo había terminado la carrera

Joten ei ollut helppoa tietää, milloin kilpailu oli ohi

Después de media hora más o menos de correr, todos estaban bastante secos

Noin puolen tunnin juoksun jälkeen ne olivat kaikki melko kuivia

el dodo gritó de repente: "¡La carrera ha terminado!"

dodo huusi yhtäkkiä: "Kilpailu on ohi!"

Y todos se agolparon alrededor del dodo

ja he kaikki tungeksivat dodon ympärillä

Todos los animales jadeaban y resoplaban

Kaikki eläimet huohottivat ja puhalsivat

y todos querían saber: "¿Pero quién ha ganado?"

ja he kaikki halusivat tietää: "Mutta kuka on voittanut?"

El dodo no pudo responder de inmediato a esta pregunta

Tähän kysymykseen dodo ei voinut heti vastata

Primero tuvo que pensar mucho

Ensin hänen täytyi miettiä paljon

Después de pensarlo mucho, el Dodo finalmente habló

Pitkän harkinnan jälkeen Dodo lopulta puhui

"Todos han ganado y todos deben tener premios"

"Kaikki ovat voittaneet, ja kaikilla on oltava palkintoja"

"¿Pero quién va a dar los premios?", preguntó un coro de voces
"Mutta kuka antaa palkinnot?" kysyi äänikuoro
—Bueno, ella, por supuesto —dijo el dodo—
"No, hän tietysti", sanoi dodo
y el dodo señaló con un dedo a Alicia
ja dodo osoitti yhdellä sormella Liisa
y todo el grupo de animales se agolpó a su alrededor
ja koko eläinjoukko tungeksi hänen ympärillään
gritaron, de manera confusa: "¡Premios! ¡Premios!"
He huusivat hämmentyneenä: "Palkintoja! Palkintoja!"
Alicia no tenía ni idea de qué hacer
Liisalla ei ollut aavistustakaan, mitä tehdä
Desesperada, se metió la mano en el bolsillo
Epätoivoissaan hän pani kätensä taskuunsa
Y sacó una caja de dulces
ja hän veti esiin laatikon makeisia
Por suerte, el agua salada no había entrado en la caja
Onneksi suolavesi ei ollut päässyt laatikkoon
Y repartió los dulces como premios
ja hän jakoi makeiset palkintoina
Había exactamente una pieza para todos
Jokaiselle oli tasan yksi pala
Lo siguiente que tenían que hacer era comer los dulces
Seuraava asia, joka heidän täytyi tehdä, oli syödä makeisia
Esto causó algo de ruido y confusión
Tämä aiheutti melua ja hämmennystä
Los grandes pájaros se quejaban de que no podían saborear sus dulces
Suuret linnut valittivat, etteivät he voineet maistaa makeisiaan
Los pequeños se ahogaron y hubo que darles palmaditas en la espalda
Pienet tukehtuivat ja niitä piti taputtaa selkään
Sin embargo, al fin se acabó
Se oli kuitenkin vihdoin ohi
y se sentaron de nuevo en un anillo
ja he istuutuivat taas kehään

Y le rogaron al ratón que les dijera algo más
ja he pyysivät hiirtä kertomaan heille jotain lisää
—Prometiste contarme tu historia, ¿sabes? —dijo Alicia—
"Lupasit kertoa minulle historiasi", sanoi Liisa
**E hizo otro pequeño comentario sobre los gatos en un
susurro**
ja hän teki toisen pienen huomautuksen kissoista kuiskaten
No quería volver a ofender al ratón
Hän ei halunnut loukata hiirtä uudelleen
el ratoncito se volvió hacia Alicia y suspiró
pieni hiiri kääntyi Liisan puoleen ja huokaisi
—¡La mía es una larga y triste historia!
"Minun on pitkä ja surullinen tarina!"
—Es una cola larga, sin duda —dijo Alicia—
"Se on varmasti pitkä häntä", sanoi Liisa
Y miró con asombro la cola del ratón
ja hän katsoi ihmetellen hiiren häntää
—¿Pero por qué le llamas cola triste?
"Mutta miksi kutsut sitä surulliseksi hännäksi?"
**Y ella seguía desconcertada al respecto mientras el ratón
hablaba**
Ja hän jatkoi hämmentämistä siitä, kun hiiri puhui
de modo que su idea del cuento era más o menos así
niin, että hänen ajatuksensa tarinasta oli jotain tällaista

"Fury said to
a mouse, That
he met in the
house, 'Let
us both go
to law: *I
will prosecute
you.*—
Come, I'll
take no denial:
We must have
the trial;
For really
this morning
I've
nothing
to do.'
Said the
mouse to
the cur,
'Such a
trial, dear
sir, With
no jury
or judge,
would
be wasting
our
breath.'
'I'll be
judge,
I'll be
jury,'
said
cunning
old
Fury;
'I'll
try
the
whole
cause,
and
condemn
you to
death.'"

Furia le dijo a un ratón: "Que se encontró en la casa"
Fury sanoi hiirelle, että hän tapasi talossa "
Vayamos los dos a la ley: yo te procesaré
Menkäämme molemmat oikeuteen: minä asetan teidät syytteeseen
Vamos, no aceptaré ninguna negación: debemos tener el juicio
Tule, en kiellä: Meidän täytyy saada oikeudenkäynti
Porque realmente esta mañana no tengo nada que hacer
Sillä oikeastaan tänä aamuna minulla ei ole mitään tekemistä
Dijo el ratón al cur;
Sanoi hiiri curille;

Un juicio así, querido señor, sin jurado ni juez, sería una pérdida de aliento

Sellainen oikeudenkäynti, rakas herra, Ilman valamiehistöä tai tuomaria tuhlaisi henkeämme

—Seré juez, seré jurado —dijo el astuto viejo Fury—

"Minä olen tuomari, minä olen valamiehistö", sanoi ovela vanha Fury

Juzgaré toda la causa y te condenaré a muerte

Minä koettelen koko asiaa ja tuomitsen sinut kuolemaan

el ratón le habló severamente a Alicia

hiiri puhui ankarasti Liisalle

"¡No estás prestando atención!"

"Et kiinnitä huomiota!"

—¿En qué estás pensando?

"Mitä ajattelet?"

—Le ruego que me perdone —dijo Alicia muy humildemente—

"Pyydän anteeksi", Liisa sanoi hyvin nöyrästi

– ¿Habías llegado a la quinta curva, creo?

"Luulisin, että olit päässyt viidenteen mutkaan?"

"¡Me insultas diciendo tales tonterías!"

"Loukkaat minua puhumalla sellaista hölynpölyä!"

Y el ratón se levantó y se alejó

ja hiiri nousi ylös ja käveli pois

Alicia llamó al ratoncito

Liisa huusi pienen hiiren perään

"¡Por favor, regresa y termina tu historia!"

"Tule takaisin ja lopeta tarinasi!"

Y todos los demás se unieron a coro

Ja kaikki muut liittyivät kuoroon

"¡Sí, por favor, termine su historia!"

"Kyllä, lopeta tarinasi!"

Pero el ratón se limitó a negar con la cabeza con impaciencia

Mutta hiiri vain pudisti päätään kärsimättömästi

Y el ratoncito caminó un poco más rápido

ja pieni hiiri käveli hieman nopeammin

—¡Ojalá tuviera aquí a Dinah, nuestra gata! —dijo Alicia—

"Toivon, että minulla olisi Dinah, kissamme, täällä!" sanoi
Liisa
Esto causó una notable sensación entre el grupo
Tämä aiheutti merkittävän sensaation puolueen keskuudessa
Algunos de los pájaros se apresuraron a huir de inmediato
Osa linnuista kiiruhti heti pois
y un canario gritó con voz temblorosa a sus hijos;
ja kanarialintu huusi vapisevalla äänellä lapsilleen;
—¡Váyanse, queridos míos!
"Tule pois, rakkaani!"
"¡Ya es hora de que estén todos en la cama!"
"On korkea aika olla kaikki sängyssä!"
Con varias excusas se fueron todos
Eri tekosyillä he kaikki menivät pois
y Alicia no tardó en quedarse sola
ja Liisa jäi pian yksin
—¡Ojalá no hubiera mencionado a Dinah!
"Toivon, etten olisi maininnut Dinahia!"
"Parece que a nadie le gusta aquí abajo"
"Kukaan ei näytä pitävän hänestä täällä"
—¡Pero estoy seguro de que es la mejor gata del mundo!
"mutta olen varma, että hän on maailman paras kissa!"
La pobre Alicia se echó a llorar de nuevo
Liisa parka alkoi taas itkeä
porque se sentía muy sola y desanimada
koska hän tunsi itsensä hyvin yksinäiseksi ja alakuloiseksi
Al cabo de un rato, sin embargo, volvió a oír algo
Hetken kuluttua hän kuitenkin kuuli taas jotain
un pequeño golpeteo de pasos a lo lejos
Pieni askelten patteristo kaukaisuudessa
Y ella miró hacia arriba ansiosamente
ja hän katsoi innokkaasti ylös

El conejo manda al pequeño Sr. Bill
Kani lähettää pienen herra Billin

Era el conejo blanco, que volvía trotando lentamente
Se oli valkoinen kani, joka ravasi hitaasti takaisin
Miraba a su alrededor ansiosamente mientras se alejaba
Hän katseli huolestuneena ympärilleen mennessään
Parecía como si hubiera perdido algo
Hän näytti siltä kuin hän olisi menettänyt jotain
Alicia le oyó murmurar para sí misma
Liisa kuuli hänen mutisevan itsekseen
—¡La duquesa! ¡La duquesa! ¡Oh, mis queridas patas!
"Herttuatar! Herttuatar! Voi, rakkaat tassuni!"
—¡Oh, mi pelo y mis bigotes!
"Voi, turkkini ja viikseni!"
"Ella hará que me ejecuten, estoy seguro de eso"
"Hän teloittaa minut, olen varma siitä"
—¡Tan cierto como que los hurones son hurones!
"Yhtä varmasti kuin fretit ovat frettejä!"
"¿Dónde puedo haber dejado mis cosas, me pregunto?"
"Mihin olen voinut pudottaa tavarani, ihmettelen?"
Alicia adivinó en un momento lo que estaba buscando
Liisa arvasi hetkessä, mitä etsi

Buscaba el abanico de plumas
Hän etsi höyhentuuletinta
Y buscaba el par de guantes blancos
ja hän etsi valkoisia käsineitä
Así que ella, muy bondadosamente, comenzó a buscar los guantes
Niinpä hän alkoi hyväntahtoisesti etsiä käsineitä
Y también buscó el abanico de plumas
Ja hän etsi myös höyhenviuhkan
Pero los guantes y el abanico de plumas no se veían por ninguna parte
Mutta hanskat ja höyhentuuletin eivät näkyneet missään
Todo parecía haber cambiado desde que se bañó en la piscina
Kaikki näytti muuttuneen sen jälkeen, kun hän ui uima-altaassa
Nada era igual desde que estaba en el Gran Salón
Mikään ei ollut entisellään sen jälkeen, kun hän oli ollut suuressa salissa
y la mesa de cristal había desaparecido
ja lasipöytä oli kadonnut
Y la puertecita tampoco estaba allí
Eikä pieni ovikaan ollut siellä
Muy pronto el conejo se fijó en Alicia
Hyvin pian kani huomasi Liisan
—la llamó en tono airado
Hän kutsui häntä vihaisella äänellä
—Mary Ann, ¿qué haces aquí?
"Mary Ann, mitä teet täällä?"
"Corre a casa en este momento"
"Juokse kotiin tällä hetkellä"
—¡Y tráeme un par de guantes y un abanico de plumas!
"Ja hae minulle hanskat ja höyhentuuletin!"
—¡Y date prisa!
"Ja ole nopea siinä!"
Alicia se habló a sí misma mientras salía corriendo
Liisa puhui itsekseen juostessaan karkuun

—¡Debe de haberme confundido con su criada!
"Hän on varmaan erehtynyt luulemaan minua palvelijattarekseen!"
"¡Qué sorpresa se quedará cuando se entere de quién soy!"
"Kuinka yllättynyt hän onkaan, kun hän saa tietää, kuka olen!"
Al decir esto, se encontró con una casita pulcra
Kun hän sanoi tämän, hän tuli siistiin pieneen taloon
En la puerta de la casa había una placa de bronce brillante
Talon ovella oli kirkas messinkilevy
"W. CONEJO"
"W. KANI"
Entró sin llamar a la puerta
Hän meni sisään koputtamatta oveen
Y se apresuró a subir las escaleras
ja hän kiiruhti suoraan yläkertaan
le preocupaba conocer a la verdadera Mary Ann
hän pelkäsi tapaavansa todellisen Mary Annin
porque entonces la echarían de la casa
koska silloin hänet käännytettäisiin ulos talosta
Y no sería capaz de encontrar el abanico de plumas y los guantes
Eikä hän löytäisi höyhenviuhkaa ja hanskoja
Alicia había encontrado el camino hacia una pequeña habitación ordenada
Liisa oli löytänyt tiensä siistiin pieneen huoneeseen
En la habitación había una mesa junto a la ventana
Huoneessa oli pöytä ikkunan vieressä
y sobre la mesa había un abanico de plumas
ja pöydällä oli höyhentuuletin
Y había dos o tres pares de diminutos guantes blancos
ja siellä oli kaksi tai kolme paria pieniä valkoisia käsineitä
Cogió el abanico de plumas y un par de guantes
Hän otti höyhentuulettimen ja hanskat
Y estaba a punto de salir de la habitación
ja hän oli juuri lähdössä huoneesta
Pero entonces sus ojos se posaron en una botellita
mutta sitten hänen silmänsä osuivat pieneen pulloon

Descorchó la botella y se la llevó a los labios
Hän avasi pullon korkin ja laittoi sen huulilleen
"Espero que me haga crecer de nuevo"
"Toivon, että se saa minut kasvamaan jälleen suureksi"
"¡Estoy cansada de ser una cosita tan pequeña!"
"Olen kyllästynyt olemaan niin pieni pieni asia!"
Alicia apenas se había bebido la mitad de la botella
Liisa oli tuskin juonut puolta pulloa
Su cabeza ya estaba presionada contra el techo
Hänen päänsä painui jo kattoa vasten
Y tuvo que agacharse
ja hänen täytyi kumartua
para salvar su cuello de ser roto
pelastaakseen niskansa murtumasta
Dejó apresuradamente la botella
Hän laski pullon kiireesti
"Con eso basta"
"Se riittää"
"Espero no crecer más"
"Toivottavasti en kasva enää"
¡Ay! ¡Era demasiado tarde para desearlo!
Valitettavasti! Oli liian myöhäistä toivoa sitä!
Ella siguió creciendo y creciendo
Hän jatkoi kasvamistaan ja kasvamistaan
y muy pronto tuvo que arrodillarse en el suelo
ja pian hänen täytyi polvistua lattialle
Y aun así siguió creciendo
ja silloinkin hän jatkoi kasvuaan
Como último recurso, sacó un brazo por la ventana
Viimeisenä resurssina hän laittoi toisen kätensä ulos ikkunasta
Y metió un pie por la chimenea
ja hän nosti toisen jalkansa savupiippuun
"Ahora no puedo hacer más, pase lo que pase"
"Nyt en voi tehdä enempää, tapahtuipa mitä tahansa"
—¿Qué será de mí?
"Mitä minusta tulee?"

Alicia tuvo un poco de suerte
Liisalla oli onnea
La pequeña botella mágica había tenido todo su efecto
Pieni taikapullo oli saanut täyden tehonsa
y Alicia no creció más de lo que era
eikä Liisa kasvanut suuremmaksi kuin hän oli
Al cabo de unos minutos oyó una voz en el exterior
Muutaman minuutin kuluttua hän kuuli äänen ulkona
Y se detuvo a escuchar la voz
ja hän pysähtyi kuuntelemaan ääntä
—¡María Ana! ¡Mary Ann! -dijo la voz-
"Mary Ann! Mary Ann!" sanoi ääni
"¡Tráeme mis guantes en este momento!"
"Hae minulle hanskat tällä hetkellä!"
Luego se oyó un pequeño golpeteo de pies en la escalera
Sitten tuli pieni jalat portaissa
Alicia supo que era el conejo que venía a buscarla
Liisa tiesi, että kani oli tulossa etsimään häntä
Y tembló hasta hacer temblar la casa
ja hän vapisi, kunnes ravisteli taloa

Se olvidó por completo de sus proporciones
Hän unohti täysin, mitkä hänen mittasuhteensa olivat
Era mil veces más grande que el conejo
Hän oli tuhat kertaa suurempi kuin kani
Y no tenía por qué temer a un conejo
ja hänellä ei ollut mitään syytä pelätä kania
De pronto, el conejo se acercó a la puerta
Eikä aikaakaan, kun kani tuli ovelle
Y el conejito trató de abrir la puerta
ja pieni kani yritti avata oven
La puerta comenzó a abrirse hacia adentro
ovi alkoi avautua sisäänpäin
pero el codo de Alicia estaba apretado con fuerza contra la puerta
mutta Liisan kyynärpää painettiin lujasti ovea vasten
Ese intento resultó un fracaso
Tämä yritys osoittautui epäonnistuneeksi
Alicia oyó que el conejo se hablaba a sí mismo
Liisa kuuli jäniksen puhuvan itsekseen
"Entonces daré la vuelta y entraré por la ventana"
"Sitten menen ympäri ja pääsen sisään ikkunasta"
«¡Que no lo harás!», pensó Alicia
"Että sinä et!" ajatteli Liisa
Y volvió a esperar un poco
ja hän odotti taas vähän
Pronto oyó al conejo justo debajo de la ventana
Pian hän kuuli jäniksen aivan ikkunan alla
De repente extendió la mano
Hän levitti yhtäkkiä kätensä
Y ella hizo un arrebato en el aire
ja hän sieppasi ilmassa
No se apoderó de nada
Hän ei saanut käsiinsä mitään
Pero oyó un pequeño alarido y una caída
Mutta hän kuuli pienen huudon ja kaatumisen
Y oyó el estrépito de cristales rotos
ja hän kuuli rikkoutuneen lasin törmäyksen

Tal vez el conejo se había caído
Ehkä kani oli pudonnut
Tal vez estaba en un invernadero
Ehkä hän oli vihreässä talossa
Luego se oyó una voz airada; La voz del conejo
Seuraavaksi kuului vihainen ääni; Kanin ääni
"Pat, ¿dónde estás?"
"Pat, missä olet?"
Y entonces llegó una voz que nunca antes había oído
Ja sitten tuli ääni, jota hän ei ollut koskaan ennen kuullut
"¡Su señoría, estoy aquí!"
"Teidän kunnianne, olen täällä!"
"Estoy cavando en busca de manzanas"
"Kaivan omenoita"
"¡Aquí! ¡Ven y ayúdame a salir de esto!"
"Täällä! Tule auttamaan minua pois tästä!"
—Ahora dime, Pat, ¿qué es eso que hay en la ventana?
"Kerro nyt, Pat, mitä ikkunassa on?"
"Claro, su señoría, se lo diré"
"Toki, teidän kunnianne, minä sanon teille"
"¡Es un brazo que está en la ventana!"
"Se on käsivarsi, joka on ikkunassa!"
"Bueno, un brazo no tiene nada que hacer allí"
"No, kädellä ei ole mitään asiaa sinne"
"¡Ve y quítate el brazo!"
"Mene ja ota käsi pois!"
Hubo un largo silencio después de esto
Tämän jälkeen vallitsi pitkä hiljaisuus
y Alicia sólo podía oír susurros de vez en cuando
ja Liisa kuuli vain kuiskauksia silloin tällöin
Y, por fin, volvió a extender la mano
ja viimein hän taas ojensi kätensä
Y ella hizo otro arrebato en el aire
ja hän teki toisen sieppauksen ilmassa
Esta vez hubo dos pequeños chillidos
Tällä kertaa kuului kaksi pientä huutoa
y se escucharon más sonidos de vidrios rotos

ja lasinsirujen ääniä kuului enemmän
«¡Me pregunto qué harán ahora!», pensó Alicia
"Mietin, mitä he tekevät seuraavaksi!" ajatteli Liisa
"Ojalá me sacaran por la ventana"
"Toivon, että he vetäisivät minut ulos ikkunasta"
Esperó un buen rato
Hän odotti jonkin aikaa
Pero durante un rato no oyó nada más
Mutta jonkin aikaa hän ei kuullut mitään muuta
Por fin se oyó el estruendo de unas ruedas
Vihdoinkin kuului pienten pyörien jyrinä
Y se oyó el sonido de muchas voces
ja sieltä kuului monien äänien ääni
Todas las voces hablaban al unísono
Kaikki äänet puhuivat yhdessä
Pudo distinguir algunas de las palabras
Hän pystyi erottamaan joitakin sanoja
—¿Dónde está la otra escalera?
"Missä ovat toiset tikkaat?"
"Bill tiene la otra escalera"
"Billillä on toiset tikkaat"
"¡Bill, ven aquí!"
"Bill, tule tänne!"
—¿Soportará el techo la carga?
"Kestääkö katto kuorman?"
—¿Quién quiere bajar por la chimenea?
"Kuka haluaa mennä alas savupiipusta?"
—¡No, no lo haré! ¡Tú lo haces!"
"Ei, en aio! Sinä teet sen!"
—¡Aquí, Bill!
"Tässä, Bill!"
"¡El maestro dice que tienes que bajar por la chimenea!"
"Mestari sanoo, että sinun täytyy mennä alas savupiipusta!"
Alicia arrastró el pie por la chimenea todo lo que pudo
Liisa veti jalkansa niin alas savupiipusta kuin pystyi
Y luego esperó a ver lo que venía
Ja sitten hän odotti nähdäkseen, mitä oli tulossa

Escuchó a un animalito arañar y revolver
Hän kuuli pienen eläimen raapimisen ja rypistymisen
El animalito debe estar en la chimenea
pienen eläimen on oltava savupiipussa
Luego dio una fuerte patada
Sitten hän antoi yhden terävän potkun
Y esperó a ver qué pasaría después
Ja hän odotti, mitä seuraavaksi tapahtuisi
Oyó un coro general de voces
Hän kuuli yleisen äänikuoron
"¡Ahí va Bill!", dijeron todos
"Tuossa menee Bill!" he kaikki sanoivat
Entonces oyó solo la voz del conejo
Sitten hän kuuli kanin äänen yksin
"¡Tú por el seto, atrápalo!"
"Sinä pensasaidan vieressä, ota hänet kiinni!"
Hubo otro momento de silencio
Oli toinen hiljainen hetki
Y entonces hubo otra confusión de voces
Ja sitten oli toinen äänien sekaannus
"Levanta la cabeza, Brandy"
"Pidä päänsä ylhäällä, Brandy"
"Ten cuidado de no asfixiarlo"
"Varo tukehduttamasta häntä"
—¿Qué te pasó?
"Mitä sinulle tapahtui?"
Por último, llegó una vocecita débil y chillona
Viimeisenä tuli hieman heikko, vinkuva ääni
"Bueno, ya casi no sé"
"No, tuskin tiedän enempää"
"Gracias a todos, ahora estoy mejor"
"Kiitos kaikille, olen nyt parempi"
"Hay una cosa que puedo recordar"
"On yksi asia, jonka muistan"
"Algo viene hacia mí como un tren en un túnel"
"Jokin tulee minua kohti kuin juna tunnelissa"
"¡Y vuelo hacia arriba como un cohete!"

"ja ylös lennän kuin taivasraketti!"
Hubo uno o dos minutos de silencio
Oli minuutin tai kahden hiljaisuus
Y entonces empezaron a moverse de nuevo
ja sitten he alkoivat taas liikkua
y Alicia oyó hablar de nuevo al Conejo
ja Liisa kuuli jäniksen puhuvan taas
"Un túmulo servirá, para empezar"
"Aluksi käy kärryllinen"
«¿Un túmulo lleno de qué?», pensó Alicia
"Mitä?" ajatteli Liisa
Pero no la mantuvieron en suspenso por mucho tiempo
Mutta häntä ei pidetty jännityksessä pitkään
Una lluvia de guijarros entró por la ventana
Ikkunasta tuli pienten kivien suihku
Y algunas de las piedrecitas le golpearon en la cara
ja jotkut pienistä kivistä löivät häntä kasvoihin
Alicia se sorprendió por los guijarros
Liisa yllättyi pienistä kivistä
Todos los guijarros se estaban convirtiendo en pasteles
Kaikki pienet kivet muuttuivat kakkuiksi
Y una idea brillante se le ocurrió
Ja kirkas idea tuli hänen päähänsä
"Debería comerme uno de estos pasteles"
"Minun pitäisi syödä yksi näistä kakuista"
"El pastel seguramente hará algún cambio en mi tamaño"
"Kakku muuttaa varmasti kokoani"
Así que se tragó uno de los pasteles
Niinpä hän nielaisi yhden kakuista
Y se alegró al descubrir que empezaba a encogerse
ja hän oli iloinen huomatessaan, että hän alkoi kutistua
**Pronto fue lo suficientemente pequeña como para pasar por
la puerta**
Pian hän oli tarpeeksi pieni päästäkseen ovesta sisään
Salió corriendo de la casa
Hän juoksi ulos talosta
Una multitud de animalitos y pájaros esperaban afuera

Joukko pieniä eläimiä ja lintuja odotti ulkona
todos los pajaritos y animales se abalanzaron sobre Alicia
kaikki pienet linnut ja eläimet ryntäsivät Liisan kimppuun
Pero ella huyó lo más rápido que pudo
Mutta hän juoksi pois niin nopeasti kuin pystyi
Y pronto se encontró a salvo en un espeso bosque
ja pian hän huomasi olevansa turvassa paksussa metsässä
Alicia vagaba por el bosque
Liisa vaelteli metsässä
Y pensó para sí misma:
ja hän ajatteli itsekseen:
"Sé lo que tengo que hacer primero"
"Tiedän, mitä minun on tehtävä ensin"
**"Primero tengo que volver a crecer hasta el tamaño
adecuado"**
"ensin minun täytyy kasvaa taas oikeaan kokooni"
**"Y luego tengo que encontrar mi camino hacia ese hermoso
jardín"**
"ja sitten minun täytyy löytää tieni tuohon ihanaan
puutarhaan"
"Supongo que debería comer o beber una cosa u otra"
"Minun pitäisi kai syödä tai juoda jotain tai muuta"
"Pero la pregunta es ¿qué debo comer o beber?"
"Mutta kysymys kuuluu, mitä minun pitäisi syödä tai juoda?"
Alicia miró a su alrededor las flores
Liisa katseli ympärillään kukkia
Y miró a través de las briznas de hierba
ja hän katsoi ruohonkorsien läpi
pero no podía ver nada de comer ni de beber
Mutta hän ei nähnyt mitään syötävää tai juotavaa
Nada parecía ser lo adecuado para comer o beber
Mikään ei näyttänyt oikealta syötävältä tai juotavalta
Había un gran hongo creciendo cerca de ella
Hänen lähellään kasvoi suuri sieni
el hongo tenía aproximadamente la misma altura que Alicia
sieni oli suunnilleen yhtä korkea kuin Liisa
Se estiró de puntillas

Hän venytti itsensä varpaille
Y se asomó por el borde del hongo
ja hän kurkisti sienen reunan yli
Sus ojos se encontraron inmediatamente con los ojos de una gran oruga azul
Hänen silmänsä kohtasivat heti suuren sinisen toukan silmät
La oruga estaba sentada en la parte superior del hongo
Toukka istui sienen päällä
y la oruga se había cruzado de brazos
ja toukka oli ristinyt kaikki kätensä
Y estaba fumando tranquilamente una larga cachimba
ja hän poltti hiljaa pitkää vesipiippua
y no hizo la menor atención a nada
eikä hän kiinnittänyt pienintäkään huomiota mihinkään
y ciertamente no le prestó atención a Alicia
eikä hän todellakaan kiinnittänyt huomiota Liisaen

Consejos de una oruga

Neuvoja toukkalta

Por fin, la oruga se quitó la pipa de la boca

Viimein toukka otti vesipiipun suustaan

y se dirigió a Alicia con voz lánguida y soñolienta

ja hän puhutteli Liisa veltolla, uneliaalla äänellä

—¿Quién eres? —preguntó la oruga

"Kuka sinä olet?" kysyi toukka

Alicia respondió, con cierta timidez: "No lo sé, señor"

Liisa vastasi melko ujosti: "Tuskin tiedän, herra."

"Justo en este momento está todo un poco..."

"Juuri tällä hetkellä kaikki on vähän..."

"Sé quién era cuando me levanté esta mañana"

"Tiedän, kuka olin, kun nousin tänä aamuna""

**"pero creo que debo haber cambiado varias veces desde
entonces"**

"mutta luulen, että minun on täytynyt muuttua useita kertoja
sen jälkeen"

—¿Qué quieres decir con eso? —dijo la oruga—

"Mitä tarkoitat sillä?" kysyi toukka

Con severidad, la oruga le pidió que se explicara
Toukka pyysi häntä ankarasti selittämään itsensä
—Me temo que no puedo explicarme, señor —dijo Alicia—
"En voi selittää itseäni, pelkäänpä, herra", sanoi Liisa
"porque no soy yo mismo"
"koska en ole oma itseni"
"Verás, tener tantos tamaños diferentes en un día es muy confuso"
"Katsos, niin monta eri kokoa päivässä on hyvin hämmentävää"
Se incorporó y dijo muy gravemente:
Hän veti itsensä ylös ja sanoi hyvin vakavasti:
"Creo que primero deberías decirme quién eres"
"Mielestäni sinun pitäisi ensin kertoa minulle, kuka olet"
"¿Por qué?", dijo la oruga
"Miksi?" kysyi toukka
Alicia no se le ocurría ninguna buena razón
Liisa ei keksinyt mitään hyvää syytä
Y la oruga parecía estar en un estado de ánimo muy desagradable
ja toukka näytti olevan hyvin epämiellyttävässä mielentilassa
Así que se dio la vuelta
Niinpä hän kääntyi pois
"¡Vuelve!", la oruga la llamó
"Tule takaisin!" toukka huusi hänen peräänsä
"¡Tengo algo importante que decir!"
"Minulla on jotain tärkeää sanottavaa!"
Alicia se dio la vuelta y volvió otra vez
Liisa kääntyi ja tuli takaisin
—Mantén la calma —dijo la oruga—
"Pidä malttisi", sanoi toukka
-¿Eso es todo? -preguntó Alicia
"Onko siinä kaikki?" kysyi Liisa
Y se tragó su rabia lo mejor que pudo
ja hän nieli vihansa niin hyvin kuin pystyi
—No —dijo la oruga—
"Ei", sanoi toukka

La oruga desplegó sus brazos
Toukka avasi kätensä
Y volvió a sacarse la pipa de la boca
ja hän otti vesipiipun taas suustaan
**y él dijo: "Así que Ud. piensa que Ud. ha cambiado,
¿verdad?"**
ja hän sanoi: "Joten luulet muuttuneesi, vai mitä?"
—Me temo, he cambiado, señor —dijo Alicia—
»Minä pelkään, minä olen muuttunut, herra», sanoi Liisa
"No puedo recordar las cosas como solía recordarlas"
"En muista asioita samalla tavalla kuin ennen"
**"¡Y no me quedo del mismo tamaño por más de diez
minutos!"**
"enkä pysy samankokoisena yli kymmentä minuuttia!"
"¿Qué tamaño quieres tener?", preguntó la oruga
"Minkä kokoinen haluat olla?" kysyi toukka
**—Oh, no me importa especialmente el tamaño que tenga —
respondió Alicia apresuradamente—**
"Voi, minua ei erityisesti haittaa se, minkä kokoinen olen",
Liisa vastasi kiireesti
**"Simplemente no me gusta cambiar de tamaño tan a
menudo, ya sabes"**
"En vain pidä koon vaihtamisesta niin usein, tiedäthän"
"Me gustaría ser un poco más grande, señor"
"Haluaisin olla hieman suurempi, sir"
—Si no te importa —añadió Alicia—
"jos et pahastu", lisäsi Liisa
"Diez centímetros es una altura tan miserable para ser"
"Kymmenen senttiä on niin surkea korkeus"
-¡Es una altura muy buena! -exclamó la oruga con rabia-
"Se on todella hyvä korkeus!" sanoi toukka vihaisesti
Y se irguió mientras hablaba
ja puhuessaan hän kohotti itsensä pystyyn
Medía exactamente diez centímetros de alto
Hän oli tasan kymmenen senttiä korkea
En uno o dos minutos, la oruga bajó del hongo
Minuutissa tai kahdessa toukka pääsi alas sienestä

Y se arrastró por la hierba
ja hän ryömi pois ruohikolle
Al alejarse, hizo algunas pequeñas observaciones
Kun hän meni pois, hän teki muutamia pieniä huomautuksia
"Un lado te hará crecer más alto"
"Toinen puoli saa sinut kasvamaan pidemmäksi"
"Y el otro lado te hará acortar"
"Ja toinen puoli saa sinut lyhenemään"
«¿Un lado de qué?», pensó Alicia para sí misma
"Minkä toinen puoli?" ajatteli Liisa itsekseen
—¿El otro lado de qué?
"Minkä toinen puoli?"
—El costado del hongo —dijo la oruga—
"Sienen kyljessä", sanoi toukka
Era como si hubiera hecho su pregunta en voz alta
Oli kuin hän olisi esittänyt kysymyksensä ääneen
Y en otro momento, se perdió de vista
ja toisessa hetkessä hän oli poissa näkyvistä
Alicia se quedó mirando pensativa el hongo
Liisa jäi katsomaan mietteliäänä sientä
Estaba tratando de distinguir cuáles eran los dos lados del hongo
Hän yritti selvittää, mitkä olivat sienen kaksi puolta
Por fin, estiró los brazos alrededor de la seta
Viimein hän ojensi kätensä sienen ympärille
Y rompió un poco los bordes
ja hän katkaisi hieman reunoja
"Y ahora, ¿qué lado es cuál?", se dijo a sí misma
"Ja nyt, kumpi puoli on kumpi?" hän sanoi itsekseen
Y mordisqueó un poco de la parte de la mano derecha
ja hän nauroi vähän oikeaa kättä
Al momento siguiente sintió un violento golpe debajo de la barbilla
Seuraavassa hetkessä hän tunsi rajun iskun leukansa alla
¡Su barbilla había golpeado su pie!
Hänen leukansa oli osunut hänen jalkaansa!
Estaba bastante asustada por este cambio tan repentino

Hän pelästyi melkoisesti tätä hyvin äkillistä muutosta
Se estaba encogiendo muy rápidamente
Hän kutistui hyvin nopeasti
Así que rápidamente se comió un poco del otro trozo de champiñón
Joten hän söi nopeasti vähän muuta sieniä
Su barbilla estaba muy presionada contra su pie
Hänen leukansa painettiin hyvin tiukasti jalkaansa vasten
Apenas había espacio para abrir la boca
Tuskin oli tilaa avata suutaan
Pero al fin logró abrir la boca
Mutta viimein hän onnistui avaamaan suunsa
Y tragó un bocado del pedazo de la mano izquierda
ja hän nielaisi palan vasemmanpuoleisesta palasta
-¡Por fin me han liberado la cabeza! -exclamó Alicia-
"Pääni on vihdoin vapautettu!" sanoi Liisa
Se miró a sí misma
Hän katsoi alas itseensä
Pero todo lo que podía ver era una inmensa longitud de cuello
mutta hän näki vain suunnattoman pitkän kaulan
Su cuello parecía elevarse como un tallo
Hänen kaulansa näytti nousevan kuin varsi
Y miró hacia abajo sobre un mar de hojas verdes
ja hän katsoi alas vihreiden lehtien merelle
—¿A dónde han llegado mis hombros?
"Mihin olkapääni ovat joutuneet?"
"Y oh, mis pobres manos, ¿cómo es que no puedo verte?"
"Ja voi köyhät käteni, kuinka voin nähdä sinua?"
Pero su cuello tenía un beneficio
Mutta hänen kaulallaan oli yksi etu
Podía mover la cabeza en cualquier dirección
Hän pystyi liikuttamaan päätään mihin tahansa suuntaan
De hecho, era como una serpiente
Itse asiassa hän oli aivan kuin käärme
Ella zigzagueó con gracia con la cabeza hacia abajo
Hän siksakki sulavasti päänsä alas

Y movió la cabeza entre los árboles
ja hän liikutti päätään puiden läpi
Pero entonces oyó un silbido agudo
Mutta sitten hän kuuli terävän suhinan
Y rápidamente echó la cabeza hacia atrás
ja hän veti nopeasti päänsä taaksepäin
Una gran paloma había volado hacia su cara
Suuri kyyhkynen oli lentänyt hänen kasvoihinsa
y la paloma se agitó violentamente con sus alas
ja kyyhkynen oli väkivaltaisesti siipiensä kanssa

-¡Serpiente! -exclamó la paloma-
"Käärme!" huusi kyyhkynen
-¡No soy una serpiente! -exclamó Alicia indignada-
"Minä en ole käärme!" sanoi Liisa närkästyneenä
"¡Déjame en paz!"
"Jätä minut rauhaan!"
"He probado las raíces de los árboles"
"Olen kokeillut puiden juuria"

—Y he probado setos —prosiguió la paloma—
"ja olen kokeillut pensasaitoja", kyyhkynen jatkoi
—¡Pero esas serpientes! ¡No hay forma de complacerlos!"
"Mutta ne käärmeet! Heitä ei voi miellyttää!"
Alicia estaba cada vez más desconcertada
Liisa oli yhä ymmällään
-**Como si ya fuera bastante trabajo incubar los huevos -dijo
la paloma-**
"Ikään kuin munien kuoriutuminen ei olisi ollut tarpeeksi
vaivalloista", kyyhkynen sanoi
—**¡De noche y de día también tengo que estar atento a las
serpientes!**
"Yöllä ja päivällä minun täytyy varoa myös käärmeitä!"
"Acababa de encontrar el árbol más alto del bosque"
"Olin juuri löytänyt metsän korkeimman puun"
—**¿Estaría libre de serpientes aquí?**
"Varmasti olisin vapaa käärmeistä täällä?"
"¡Y sale una serpiente del cielo!"
"Ja ulos tulee käärme taivaalta!"
-**¡Pero yo no soy una serpiente, te lo aseguro! -dijo Alicia-**
"Mutta minä en ole käärme, sanon minä!" sanoi Liisa
"Soy un... Soy un... Soy una niña —añadió con cierta duda—
"Minä olen... Minä olen... Olen pieni tyttö", hän lisäsi hieman
epäilevästi
Después de todo, había estado pasando por muchos cambios
Olihan hän käynyt läpi paljon muutoksia
—**Estás buscando huevos —dijo la paloma—**
"Sinä etsit munia", kyyhkynen sanoi
"Lo sé con certeza"
"Tiedän sen varmasti"
—**¿Y qué importa si eres una niña o una serpiente?**
"Ja mitä väliä sillä on, oletko pieni tyttö vai käärme?"
—**A mí me importa mucho —dijo Alicia apresuradamente—**
"Sillä on minulle suuri merkitys", sanoi Liisa kiireesti
"pero no estoy buscando huevos, como suele ser"
"mutta en etsi munia, kuten tapahtuu"
"Y de todos modos no querría tus huevos"

"enkä haluaisi muniasi muutenkaan"
"No me gustan los huevos crudos"
"En pidä munistani raakana"
-¡Pues váyase! -dijo la paloma en tono malhumorado-
"No, mene sitten pois!" kyyhkynen sanoi murheellisella
äänellä
Y la paloma se instaló de nuevo en su nido
ja kyyhkynen asettui jälleen pesäänsä
Alicia se agachó entre los árboles lo mejor que pudo
Liisa kyyristyi puiden keskelle niin hyvin kuin pystyi
Su cuello no dejaba de enredarse entre las ramas
Hänen kaulansa sotkeutui jatkuvasti oksien väliin
De vez en cuando tenía que detenerse y desenroscar el cuello
Aina silloin tällöin hänen täytyi pysähtyä ja vääntää niskaansa
Al cabo de un rato se acordó de la seta
Hetken kuluttua hän muisti sienen
Todavía sostenía los trozos de hongo en sus manos
Hän piti edelleen sienenpaloja käsissään
Y se puso a trabajar con mucho cuidado
ja hän ryhtyi työskentelemään hyvin huolellisesti
Primero mordisqueó una pieza
Ensin hän nauroi yhtä kappaletta
Y luego mordisqueó la otra pieza
ja sitten hän nauroi toista kappaletta
A veces crecía
Joskus hän kasvoi pidemmäksi
y a veces se acortaba
ja joskus hän lyheni
pero finalmente alcanzó su altura habitual
Mutta lopulta hän saavutti tavanomaisen pituutensa
Hacía tiempo que no era de su estatura
Hän ei ollut ollut oma pituutensa vähään aikaan
Así que todo se sintió extraño por un tiempo
Joten kaikki tuntui oudolta jonkin aikaa
"Lo siguiente que hay que hacer es entrar en ese hermoso jardín"
"Seuraava asia on päästä tuohon kauniiseen puutarhaan"

—¿Cómo se va a hacer eso, me pregunto?
"Miten se voidaan tehdä, ihmettelen?"
Al decir esto, llegó a un lugar abierto
Kun hän sanoi tämän, hän tuli avoimelle paikalle
Había una casita, un poco más de un metro de altura
Siellä oli pieni talo, hieman yli metrin korkuinen
"Me pregunto quién vive en esta casita"
"Ihmettelen, kuka asuu tässä pienessä talossa"
"Ciertamente no puedo entrar tan grande como soy"
"En todellakaan voi mennä sisään niin isona kuin olen"
—¡Los asustaría terriblemente!
"Pelästyisin heitä kauheasti!"
Así que volvió a mordisquear el pequeño champiñón
Niinpä hän naposteli taas pientä sieniä
Y pronto bajó treinta centímetros
ja pian hän laski itsensä alas kolmekymmentä senttimetriä

Un cerdo y un poco de pimienta
Sika ja pippuria
Durante uno o dos minutos se quedó mirando la casa
Minuutin tai kaksi hän seisoi katsellen taloa
De repente, un lacayo salió corriendo del bosque
Yhtäkkiä jalkamies juoksi ulos metsästä
Vestía un uniforme especial
Hänellä oli yllään erityinen väritysunivormu
A juzgar solo por su rostro, ella lo habría llamado pez
Pelkästään hänen kasvoistaan päätellen hän olisi kutsunut
häntä kalaksi
Y golpeó fuertemente la puerta con los nudillos
ja hän räpytti äänekkäästi ovea rystysillään
La puerta fue abierta por otro lacayo
Oven avasi toinen jalkamies
Este lacayo también llevaba una librea especial
Myös tällä jalkamiehellä oli yllään erityinen väritys
**Este lacayo tenía una cara redonda y ojos grandes como los
de una rana**
Tällä jalkamiehellä oli pyöreät kasvot ja suuret silmät kuin
sammakolla

El lacayo, que parecía un pez, inició la ceremonia
Jalkamies, joka näytti kalalta, aloitti seremonian
Sacó algo de debajo de su brazo
Hän veti jotain kainalostaan
Y sacó de debajo del brazo un sobre
ja hän veti kainalostaan kirjekuoren
Y este sobre se lo entregó al otro lacayo
ja tämän kirjekuoren hän ojensi toiselle jalkamiehelle
En tono ceremonioso le comunicó las órdenes
Seremoniallisella äänellä hän kertoi hänelle käskyt
"Este mensaje es para la duquesa"
"Tämä viesti on herttuattarelle"
"Una invitación de la reina a jugar al croquet"
"Kuningattaren kutsu pelata krokettia"
El lacayo, que parecía una rana, repitió la orden
Sammakon näköinen jalkamies toisti käskyn
"De la Reina"
"kuningattarelta"
"Una invitación"
"kutsu"
"para la duquesa"
"Herttuattarelle"
"Jugar al croquet"
"Pelaa krokettia"
Entonces ambos se inclinaron profundamente
Sitten he molemmat kumartuivat matalaksi
y los rizos de sus pelucas se enredaron
ja peruukkien kiharat sotkeutuivat yhteen
Pronto el lacayo que parecía un pez se había ido
Pian jalkamies, joka näytti kalalta, oli poissa
Pero el lacayo que parecía una rana todavía estaba allí
Mutta jalkamies, joka näytti sammakolta, oli edelleen siellä
Estaba sentado en el suelo, cerca de la puerta
Hän istui maassa oven lähellä
Estaba mirando estúpidamente al cielo
Hän tuijotti typerästi taivaalle
Alicia se acercó tímidamente a la puerta y llamó

Liisa meni arasti ovelle ja koputti
—Es inútil llamar a la puerta —dijo el lacayo—
"Ei ole mitään hyötyä koputtaa", sanoi jalkamies
"Y eso es por dos razones"
"Ja siihen on kaksi syytä"
"Primero, porque estoy del mismo lado de la puerta que tú"
"Ensinnäkin siksi, että olen samalla puolella ovea kuin sinä"
"En segundo lugar, porque están haciendo mucho ruido dentro"
"Toiseksi, koska he pitävät niin paljon melua sisällä"
"Nadie podría escucharte"
"Kukaan ei mitenkään kuullut sinua"
Y, ciertamente, había un ruido extraordinario en su interior
Ja sisällä oli varmasti mitä erikoisin melu
un aullido y estornudos constantes
jatkuva ulvonta ja aivastelu
y de vez en cuando se oye un gran estruendo
ja aina silloin tällöin suuren kaatumisen ääni
como si un plato o una tetera se hubieran roto en pedazos
ikään kuin astia tai vedenkeitin olisi hajonnut palasiksi
-¿Cómo voy a entrar? -preguntó Alicia
"Miten pääsen sisään?" kysyi Liisa
—¿Deberías entrar? —dijo el lacayo—
"Pitäisikö sinun ylipäätään mennä sisään?" kysyi jalkamies
"Esa es la primera pregunta, ya sabes"
"Se on ensimmäinen kysymys, tiedäthän"
Alicia abrió la puerta y entró
Liisa avasi oven ja meni sisään
La puerta conducía directamente a una gran cocina
Ovi johti suoraan suureen keittiöön
La cocina estaba llena de humo de un extremo a otro
Keittiö oli täynnä savua päästä päähän
en medio de la cocina estaba la duquesa
keskellä keittiötä oli herttuatar
Estaba sentada en un taburete de tres patas
Hän istui kolmijalkaisella jakkaralla
Y ella estaba amamantando a un bebé

ja hän imetti vauvaa
El cocinero estaba inclinado sobre el fuego
kokki kumartui tulen yli
Estaba removiendo un gran caldero
Hän sekoitti suurta kaldronia
y el caldero parecía estar lleno de sopa
ja kaldron näytti olevan täynnä keittoa
"¡Ciertamente hay demasiada pimienta en esa sopa!" —se dijo Alicia
"Siinä keitossa on varmasti liikaa pippuria!" Liisa sanoi itsekseen
Lo dijo lo mejor que pudo, sin estornudar
Hän sanoi sen parhaansa mukaan aivastamatta
Incluso la duquesa estornudaba de vez en cuando
Jopa herttuatar aivasteli silloin tällöin
Pero las acciones del bebé fueron las más notables
Mutta vauvan toimet olivat merkittävimpiä
El bebé estornudaba y aullaba alternativamente
vauva aivasteli ja ulvoi vuorotellen
No hubo un momento de pausa entre aullidos y estornudos
ulvonnan ja aivastelun välillä ei ollut hetkeäkään taukoa
Había dos criaturas en la cocina que no estornudaban
Keittiössä oli kaksi olentoa, jotka eivät aivastaneet
El cocinero estaba demasiado ocupado para estornudar
kokki oli liian kiireinen aivastamaan
Y al gran gato no pareció importarle el pimiento
ja suuri kissa ei näyttänyt välittävän pippurista
En cambio, el gran gato sonreía de oreja a oreja
Sen sijaan iso kissa virnisti korvasta korvaan
-Por favor, ¿podría decírmelo -dijo Alicia, un poco tímidamente-
"Voisitko kertoa minulle", sanoi Liisa hieman arasti
"¿Por qué tu gato sonríe así?"
"Miksi kissasi virnistää tuolla tavalla?"
-Es un gato de Cheshire -dijo la duquesa-
"Se on Cheshire-kissa", herttuatar sanoi
"Y por eso está sonriendo de oreja a oreja"

"Ja siksi hän virnistää korvasta korvaan"
"No sabía que un gato de Cheshire siempre sonreía"
"En tiennyt, että Cheshire-kissa virnisti aina"
**—De hecho, no sabía que los gatos podían sonreír —dijo
Alicia—**
"Itse asiassa en tiennyt, että kissat voivat virnistää", sanoi Liisa
-Hay muchas cosas que no sabes -dijo la duquesa-
"On paljon sellaista, mitä et tiedä", herttuatar sanoi
"Hay muchas cosas que no sabes y eso es un hecho"
"On paljon mitä et tiedä ja se on fakta"
**En ese momento, el cocinero retiró el caldero de sopa del
fuego**
Juuri silloin kokki otti keiton kaldronin tulesta
Y en seguida se puso a tirar todo lo que estaba a su alcance
ja heti hän alkoi heittää kaiken ulottuvilleen
arrojó todo lo que pudo a la duquesa y al bebé
hän heitti kaikkensa herttuattarelle ja vauvalle
Primero arrojó los hierros de fuego
Ensin hän heitti tuliraudat
Luego tiró un puñado de cacerolas
Sitten hän heitti kourallisen kattiloita
y finalmente tiró los platos y las fuentes
ja lopulta hän heitti lautaset ja astiat
La duquesa no le hizo caso
Herttuatar ei kiinnittänyt häneen huomiota
Incluso cuando fue golpeada por un plato, no se preocupó
Jopa silloin, kun lautanen osui häneen, hän ei ollut huolissaan
El bebé ya estaba aullando tanto
vauva ulvoi jo niin paljon
**Así que era imposible decir si los golpes lastimaban al bebé
o no**
Joten oli mahdotonta sanoa, satuttivatko iskut vauvaa vai
eivät
**—¡Oh, por favor, ten cuidado con lo que estás haciendo! —
exclamó Alicia—**
"Voi, ole hyvä ja välitä siitä, mitä teet!" huudahti Liisa
Y saltaba de un lado a otro en una agonía de terror

ja hän hyppäsi ylös ja alas kauhun tuskassa
la duquesa le ofreció a Alicia el bebé
herttuatar tarjosi Liisalle vauvaa
"¡Aquí! ¡Puedes amamantar un poco al bebé, si quieres!"
"Täällä! Voit imettää vauvaa vähän, jos haluat!"
Y le arrojó al bebé mientras hablaba
ja hän heitti vauvan häntä kohti puhuessaan
"Tengo que ir a prepararme para jugar al croquet con la reina"
"Minun täytyy mennä ja valmistautua pelaamaan krokettia kuningattaren kanssa"
Y se apresuró a salir de la habitación
ja hän kiiruhti ulos huoneesta
Alicia atrapó al bebé con cierta dificultad
Liisa sai vauvan kiinni vaikeuksin
porque era una criatura de forma muy extraña
koska se oli hyvin oudon muotoinen pieni olento
Y el bebé extendió los brazos y las piernas en todas direcciones
ja vauva ojensi kätensä ja jalkansa kaikkiin suuntiin
«Será mejor que me lleve a este niño conmigo», pensó Alicia
"Minun on parasta ottaa tämä lapsi mukaani", ajatteli Liisa
"Seguro que matarán a este bebé en uno o dos días"
"He varmasti tappavat tämän vauvan päivässä tai kahdessa"
—¿No sería un asesinato dejar atrás a este bebé?
"Eikö olisi murha jättää tämä vauva taakseen?"
Dijo las últimas palabras en voz alta
Hän sanoi viimeiset sanat ääneen
Y la cosita gruñó en respuesta
ja pieni asia murisi vastaukseksi
—Será mejor que no te conviertas en un cerdo, querida — dijo Alicia—
"Sinun on parasta olla muuttumatta siaksi, kultaseni", sanoi Liisa
"o de lo contrario no tendré nada más que ver contigo"
"tai muuten minulla ei ole enää mitään tekemistä kanssasi"
Alicia empezaba a pensar para sí misma:

Liisa alkoi vasta ajatella itsekseen:

"Ahora, ¿qué voy a hacer con esta criatura cuando la lleve a casa?"

"Mitä minun pitäisi tehdä tälle olennolle, kun saan sen kotiin?"

Pero entonces la pequeña criatura gruñó un poco violentamente

Mutta sitten pieni olento murisi hieman väkivaltaisesti

y Alicia lo miró a la cara con cierta alarma

ja Liisa katsoi hätääntyneenä sen kasvoihin

Esta vez no podía haber error al respecto

Tällä kertaa siitä ei voinut erehtyä

No era ni más ni menos que un cerdo

se ei ollut enempää eikä vähempää kuin sika

Así que dejó a la pequeña criatura en el suelo

Niinpä hän laski pienen olennon alas

y la pequeña criatura se aleja trotando tranquilamente hacia el bosque

ja pieni olento ravasi hiljaa metsään

Alicia se sintió bastante aliviada al ver que la criatura se iba

Liisa tunsi olonsa helpottuneeksi nähdessään olennon menevän

Alicia se sobresaltó un poco al ver al Gato de Cheshire

Liisa säikähti hieman nähdessään Cheshire-kissan

Estaba sentado en la rama de un árbol a pocos metros de distancia

Se istui puun oksalla muutaman metrin päässä

El gato solo sonrió cuando la vio

Kissa vain virnisti nähdessään hänet

—Gato de Cheshire —empezó Alicia, bastante tímidamente—

»Cheshire-kissa», aloitti Liisa hieman arkaillen

—¿Podría decirme, por favor, qué camino debo tomar desde aquí?

"Voisitteko ystävällisesti kertoa minulle, mihin suuntaan minun pitäisi mennä täältä?"

—En esa dirección —dijo el gato—

"Siihen suuntaan", kissa sanoi

Y agitó la pata derecha
ja se heilutti oikeaa tassua ympäri
"En esa dirección vive un fabricante de sombreros"
"Siihen suuntaan elää hattujen tekijä"
Y entonces el gato agitó su otra pata
Ja sitten kissa heilutti toista tassuaan
"Y en esa dirección vive una liebre de marzo"
"Ja siihen suuntaan elää marssijänis"
"Visita a cualquiera de los que quieras; los dos están locos"
"Käy jommassakummassa haluat; he ovat molemmat vihaisia"
—Pero yo no quiero andar entre locos —comentó Alicia—
"Mutta en halua mennä hullujen ihmisten joukkoon", Liisa
huomautti
—Oh, no puedes evitarlo —dijo el Gato—
"Voi, et voi sille mitään", sanoi kissa
"Aquí estamos todos locos"
"Olemme kaikki vihaisia täällä"
"¿Vas a jugar al croquet con la reina hoy?"
"Pelaatko krokettia kuningattaren kanssa tänään?"
—Me gustaría mucho —dijo Alicia—
"Haluaisin kovasti", sanoi Liisa
"pero todavía no me han invitado"
"mutta minua ei ole vielä kutsuttu"
—Allí me verás —dijo el Gato—
"Näet minut siellä", sanoi kissa
Y de un momento a otro el gato desapareció
ja hetkestä toiseen kissa katosi
pronto Alicia llegó a la vista de la casa de la liebre de marzo
pian Liisa näki marssijäniksen talon
Era una casa muy grande
Tämä oli erittäin suuri talo
así que Alicia no quiso acercarse a la casa
joten Liisa ei halunnut mennä talon lähelle
**Primero tuvo que mordisquear un poco más del trozo de
champiñón del lado izquierdo**
Ensin hänen piti napostella lisää vasemmanpuoleista sieniä

Una fiesta de té loca
Hullut teekutsut

Delante de la casa había un árbol
Talon edessä oli puu
y debajo del árbol había una mesa
ja puun alla oli pöytä
y la mesa estaba puesta con toda clase de cubiertos
ja pöytä oli katettu kaikenlaisilla ruokailuvälineillä
La Liebre de Marzo y el Sombrerero estaban sentados a la mesa
Maaliskuun jänis ja hatuntekijä olivat pöydässä
y juntos estaban tomando el té
ja yhdessä he joivat teetä
Un lirón estaba sentado entre ellos
Dormouse istui heidän välissään
y el lirón se durmió profundamente
ja dormouse nukkui nopeasti
La mesa era de un tamaño extraordinario
Pöytä oli poikkeuksellisen kokoinen
Pero la mayor parte de la mesa estaba desocupada
Mutta suurin osa pöydästä oli tyhjä
Se sentaron apiñados en una esquina de la mesa
He istuivat tungosta yhdessä pöydän yhdessä nurkassa
y, sin embargo, se excusaban cuando veían a Alicia
ja kuitenkin he keksivät tekosyitä nähdessään Liisan
"¡No hay espacio! ¡No hay lugar!", gritaron
"Ei tilaa! Ei tilaa!" he huusivat
-¡Hay sitio de sobra! -exclamó Alicia indignada-
"Siellä on paljon tilaa!" sanoi Liisa närkästyneenä
En un extremo de la mesa había un gran sillón
Pöydän toisessa päässä oli suuri nojatuoli
y Alicia se sentó en el sillón
ja Liisa istuutui nojatuoliin
El sombrerero abrió mucho los ojos
Hatuntekijä avasi silmänsä hyvin leveästi
No podía creer lo que estaba viendo
Hän ei voinut uskoa näkemäänsä

Pero su mente tenía curiosidad por otras cosas
Mutta hänen mielensä oli utelias muista asioista
—¿Por qué un cuervo es como un escritorio?
"Miksi korppi on kuin kirjoituspöytä?"
Alicia estaba abierta al reto
Liisa oli avoin haasteelle
"Me alegro de que hayan empezado a hacer adivinanzas"
"Olen iloinen, että he ovat alkaneet kysellä arvoituksia"
—Creo que puedo adivinarlo —añadió en voz alta—
"Uskon, että voin arvata sen", hän lisäsi ääneen
La liebre de marzo sintió curiosidad por Alicia
Marssijänis kiinnostui Liisasta
"¿De verdad crees que puedes encontrar la respuesta?"
"Luuletko todella löytäväsi vastauksen?"
—Creo que puedo encontrar la respuesta —dijo Alicia—
"Luulen löytäväni vastauksen todellakin", sanoi Liisa
**—Entonces deberías decir lo que quieres decir —prosiguió la
liebre de la marcha—**
"Sitten sinun pitäisi sanoa, mitä tarkoitat", marssijänis jatkoi
**—Digo lo que quiero decir —respondió Alicia
apresuradamente—**
"Sanon kyllä, mitä tarkoitan", Liisa vastasi kiireesti
"por lo menos quiero decir lo que digo"
"ainakin tarkoitan mitä sanon"
"Es lo mismo, ¿sabes?"
"Se on sama asia, tiedäthän"
El lirón también contribuyó a la conversación
Myös Dormouse osallistui keskusteluun
Pero el lirón parecía estar hablando en sueños
Mutta Dormouse näytti puhuvan unissaan
"Respiro cuando duermo"
"Hengitän nukkuessani"
"¡Duermo cuando respiro!"
"Nukun, kun hengitän!"
"Bien podría decirse que también son lo mismo"
"Yhtä hyvin voisi sanoa, että nekin ovat samanlaisia"
-A ti te pasa lo mismo -dijo el sombrerero-

"Sama koskee sinua", sanoi hatuntekijä
Y echó un poco de té en la nariz del lirón
ja hän kaatoi vähän teetä makuusalin nenään
El Lirón sacudió la cabeza con impaciencia
Dormouse pudisti päätään kärsimättömästi
Y volvió a hablar el Lirón, sin abrir los ojos
Ja taas Dormouse puhui avaamatta silmiään
"Por supuesto, por supuesto que es lo mismo"
"Tietenkin se on sama"
"eso es justo lo que iba a decir yo mismo"
"Se on juuri sitä, mitä aioin sanoa itse"

El sombrerero se volvió hacia Alicia y le hizo otra pregunta
Hatuntekijä kääntyi Liisan puoleen ja esitti toisen kysymyksen
—¿Ya has adivinado el enigma?
"Oletko jo arvannut arvoituksen?"
—No, me rindo —concedió Alicia—
"Ei, minä luovutan", Liisa myönsi
"¿Cuál es la respuesta?", quiso saber
"Mikä on vastaus?" hän halusi tietää
—No tengo la menor idea —dijo el sombrerero—

"Minulla ei ole pienintäkään aavistustakaan", sanoi
hatuntekijä
-Ni yo lo sé -dijo la liebre-
»Enkä minä tiedä», sanoi marssijänis
Alicia dio un suspiro de cansancio
Liisa huokaisi väsyneenä
"Hay mejores usos del tiempo que los enigmas sin
respuestas"
"On parempaa ajankäyttöä kuin arvoitukset ilman vastauksia"
-¡Toma un poco más de té! -dijo la liebre a Alicia, muy
seriamente-
"Ota lisää teetä", marssijänis sanoi Liisalle hyvin vakavasti
Alicia se sintió bastante ofendida por la oferta
Liisa oli varsin loukkaantunut tarjouksesta
—Todavía no he tomado el té —respondió Alicia—
"En ole vielä juonut teetä", Liisa vastasi
"por lo tanto, no puedo tomar más té"
"siksi en voi juoda enää teetä"
—Quieres decir que no puedes tomar menos té —dijo el
sombrerero—
"Tarkoitatko, ettet voi juoda vähemmän teetä", sanoi
hatuntekijä
"Es muy fácil llevarse más que nada"
"On erittäin helppoa ottaa enemmän kuin ei mitään"
Al oír esto, Alicia se levantó y se marchó
Tässä vaiheessa Liisa nousi ylös ja käveli pois
El lirón se durmió al instante
Dormouse nukahti välittömästi
y ninguno de los otros hizo la menor atención de que ella se
fuera
eikä kumpikaan muista kiinnittänyt häneen pienintäkään
huomiota
aunque miró hacia atrás una o dos veces
vaikka hän katsoi taaksepäin kerran tai kahdesti
Intentaban meter el lirón en la tetera
He yrittivät laittaa dormousen teekannuun
-De todos modos, ¡no volveré a ir allí! -dijo Alicia-

"Joka tapauksessa, en enää koskaan mene sinne!" sanoi Liisa
Y ella caminó su camino a través del bosque
ja hän käveli tiensä metsän läpi
"Esa fue la fiesta del té más estúpida a la que he ido en mi vida"
"Ne olivat typerimmät teekutsut, joissa olen koskaan ollut"
Justo cuando dijo esto, notó algo
Juuri kun hän sanoi tämän, hän huomasi jotain
Uno de los árboles tenía una puerta que daba directamente a él
Yhdessä puista oli ovi, joka johti suoraan siihen
"¡Eso es muy interesante!", pensó
"Se on hyvin mielenkiintoista!" hän ajatteli
"Creo que es mejor que pase por la puerta"
"Luulen, että voin yhtä hyvin mennä ovesta sisään"
Y entró por la puerta
Ja oven läpi hän meni
Una vez más se encontró en el largo pasillo
Vielä kerran hän löysi itsensä pitkästä salista
De nuevo estaba cerca de la mesita de cristal
Jälleen hän oli lähellä pientä lasipöytää
Ella tomó la pequeña llave de oro
Hän otti pienen kultaisen avaimen
Y abrió la puerta que daba al jardín
ja hän avasi oven, joka johti puutarhaan
Luego se puso manos a la obra mordisqueando el hongo
Sitten hän ryhtyi töihin nauramaan sieniä
Había guardado un trozo de la seta en el bolsillo
Hän oli pitänyt palan sientä taskussaan
Y, por último, medía alrededor de un metro de altura
ja lopulta hän oli noin metrin pitkä
Luego caminó por el pequeño pasillo
Sitten hän käveli pientä käytävää pitkin
Y entonces finalmente se encontró en el hermoso jardín
Ja sitten hän lopulta löysi itsensä kauniista puutarhasta
y ella estaba entre la flor brillante y las fuentes frescas
ja hän oli kirkkaan kukan ja viileiden suihkulähteiden keskellä

El campo de croquet de la reina
Kuningattaren krokettimaa
Un gran rosal se alzaba cerca de la entrada del jardín
Suuri ruusupuu seisoi lähellä puutarhan sisäänkäyntiä
Las rosas que crecían en el árbol eran blancas
Puussa kasvavat ruusut olivat valkoisia
Pero había tres jardineros pintando la rosa
Mutta ruusua maalasi kolme puutarhuria
Estaban ocupados pintando las rosas de rojo
He maalasivat ruusuja ahkerasti punaisiksi
y Alicia los miraba pintar las rosas de rojo
ja Liisa katseli heidän maalaavan ruusut punaisiksi
y de repente sus ojos se posaron por casualidad en Alicia
ja äkkiä heidän silmänsä sattuivat osumaan Liisaan;
Alicia habló un poco tímidamente
Liisa puhui hieman arkaillen
—¿Podría decírmelo, por favor?
"Voisitko kertoa minulle, kiitos;"
"¿Por qué están pintando todas esas rosas?"
"Miksi te kaikki maalaatte noita ruusuja?"
Cinco y siete no dijeron nada, pero miraron a dos
Viisi ja seitsemän eivät sanoneet mitään, mutta katsoivat kahta
Dos hablaron, en voz baja
Kaksi puhui matalalla äänellä
"Vaya, el hecho es que ya lo ve, señora"
"Miksi, tosiasia on, näetkö, rouva"
"Esto de aquí debería haber sido un rosal rojo"
"Tämän täällä olisi pitänyt olla punainen ruusupuu"
"Y pusimos un rosal blanco por error"
"Ja me laitoimme vahingossa valkoisen ruusupuun"
"Como estarás de acuerdo, la Reina no debe enterarse"
"Kuten olet samaa mieltä, kuningatar ei saa saada selville"
"De lo contrario, nos cortarían la cabeza a todos"
"Muuten meiltä kaikilta katkaistaisiin pää"
"Así que ya ve, señora, estamos haciendo lo mejor que podemos"
"Joten näetkö, rouva, teemme parhaamme"

La Carta Cinco había estado mirando ansiosamente a través del jardín
Kortti viisi oli katsellut huolestuneena puutarhan poikki
En ese momento, la carta cinco gritó: "¡La reina! ¡La reina!"
Tällä hetkellä kortti viisi huusi: "Kuningatar! Kuningatar!"
Y los tres jardineros se escabulleron al instante
ja kolme puutarhuria ryntäsivät heti pois
Y se arrojaron de bruces
ja he heittäytyivät kasvoilleen
Se oyó el sonido de muchos pasos
Kuului monien askelten ääni
Alicia miró a su alrededor, ansiosa por ver a la reina
Liisa katseli ympärilleen innokkaana näkemään kuningattaren
Al comienzo de la procesión había diez soldados
Kulkueen alussa oli kymmenen sotilasta
Sus manos y pies estaban en las esquinas
heidän kätensä ja jalkansa olivat nurkissa
y en sus manos y pies había garrotes
ja heidän käsissään ja jaloissaan olivat nuijat
Luego vinieron los diez cortesanos
Seuraavaksi tulivat kymmenen hovimiestä
Los cortesanos estaban adornados con diamantes
Hovimiehet koristettiin kaikkialla timanteilla
Después de los cortesanos venían los hijos reales
Hovimiesten jälkeen tulivat kuninkaalliset lapset
Eran diez los hijos de la realeza
Kuninkaallisia lapsia oli kymmenen
y todos los niños reales estaban adornados con corazones
ja kaikki kuninkaalliset lapset oli koristeltu sydämillä
Luego vinieron los invitados; en su mayoría reyes y reinas
Seuraavaksi tulivat vieraat; enimmäkseen kuninkaita ja kuningattaria
y entre los reyes y la reina, Alicia vio a alguien
ja kuninkaiden ja kuningattaren joukossa Liisa näki jonkun
Volvió a ver al conejo blanco que había perseguido
Hän näki jälleen valkoisen kanin, jota hän oli jahdannut
La procesión fue seguida por la sota de los corazones

Kulkuetta seurasi sydänten knave
Llevaba la corona del rey
Hän kantoi kuninkaan kruunua
y la corona del rey estaba sobre un cojín de terciopelo carmesí
ja kuninkaan kruunu oli karmiininpunaisella samettityynyllä
Y entonces llegó el final de esta gran procesión
Ja sitten päättyi tämä suuri kulkue
Y allí, al final, estaban el Rey y la Reina de Corazones
ja siellä lopussa olivat sydänten kuningas ja kuningatar
la procesión venía frente a Alicia
kulkue tuli Liisaa vastapäätä
Y todos se detuvieron y la miraron
ja he kaikki pysähtyivät ja katsoivat häntä
Y la reina dijo severamente: "¿Quién es éste?"
Ja kuningatar sanoi vakavasti: "Kuka tämä on?"
Se lo dijo a la Sota de Corazones
Hän sanoi sen sydänten konnalle
Pero él se limitó a hacer una reverencia y a sonreír en respuesta
Mutta hän vain kumarsi ja hymyili vastaukseksi
Alicia habló muy cortésmente
Liisa puhui hyvin kohteliaasti
"Mi nombre es Alicia, así que por favor, su majestad"
"Nimeni on Liisa, joten olkaa hyvä ja majesteettinne"
Pero ella tenía otros pensamientos para sí misma
mutta hänellä oli muita ajatuksia itselleen
"¡Después de todo, son solo un mazo de cartas!"
"Nehän ovat loppujen lopuksi vain korttipaketti!"
"¿Sabes jugar al croquet?", gritó la reina
"Voitko pelata krokettia?" kuningatar huusi
Era evidente que la pregunta iba dirigida a Alicia
Kysymys oli ilmeisesti tarkoitettu Liisalle
-¡Sí! -dijo Alicia en voz alta-
"Kyllä!" sanoi Liisa kovalla äänellä
—¡Ven a jugar! —rugió la reina—
"Tule sitten leikkimään!" kuningatar karjui

una voz tímida le habló a Alicia
arka ääni puhui Liisalle
"¡Es un día muy hermoso!"
"Tämä on erittäin hieno päivä!"
Caminaba junto al conejo blanco
Hän käveli valkoisen kanin ohi
y el Conejo Blanco la miraba ansiosamente a la cara
ja Valkoinen Kani kurkisti huolestuneena hänen kasvoihinsa
—Un día muy bueno —confirmó Alicia—
"Erittäin hieno päivä", vahvisti Liisa
—¿Dónde está la duquesa?
"Missä herttuatar on?"
"¡Silencio! ¡Silencio!", dijo el Conejo
"Hiljaa! Hiljaa!" sanoi jänis
"Está condenada a muerte"
"Hän on teloitustuomion alla"
—¿Por qué la ejecutan? —preguntó Alicia
"Minkä vuoksi hänet teloitetaan?" kysyi Liisa
—Le ha rayado las orejas a la reina —empezó a decir el
conejo—
"Hän naarmutti kuningattaren korvia", kani aloitti
—gritó la Reina con voz de trueno—
kuningatar huusi ukkosen äänellä
"¡Vayan a sus lugares!"
"Mene paikoillesi!"
Y la gente empezó a correr en todas direcciones
ja ihmiset alkoivat juosta ympäriinsä kaikkiin suuntiin
y todos tropezaron unos con otros
ja he kaikki kaatuivat toisiaan vasten
Sin embargo, se calmaron en uno o dos minutos
He kuitenkin asettuivat asumaan minuutissa tai kahdessa
Y entonces comenzó el juego
Ja sitten peli alkoi
Alicia nunca había visto un campo de croquet tan curioso
Liisa ei ollut koskaan nähnyt niin kummallista krokettimaata
La hierba era todo crestas y surcos
Ruoho oli pelkkiä harjanteita ja vakoja

Las bolas de croquet eran erizos de verdad
Krokettipallot olivat oikeita siilejä
y los mazos eran flamencos de verdad
ja vasarat olivat todellisia flamingoja
Y los soldados se pusieron de pie sobre sus manos y sus pies
ja sotilaat seisoivat käsillään ja jaloillaan
porque los arcos estaban hechos de sus cuerpos
koska kaaret tehtiin heidän ruumiistaan
Todos los jugadores jugaron a la vez
Kaikki pelaajat pelasivat kerralla
Nadie esperó su turno
Kukaan ei odottanut vuoroaan
y todos se peleaban con todos
ja kaikki riitelivät kaikkien kanssa
y todos luchaban por los erizos
ja kaikki taistelivat siilien puolesta
Pronto la reina se vio presa de una furiosa pasión
Pian kuningatar oli raivoissaan
Y empezó a patalear y a gritar
ja hän alkoi tömistellä ja huutaa
"¡Córtale la cabeza!"
"Leikkaa hänen päänsä irti!"
"¡Córtale la cabeza!"
"Leikkaa hänen päänsä irti!"
"¡Córtale la cabeza a todos!"
"Leikkaa kaikki heidän päänsä irti!"
De nuevo Alicia pensó para sí misma
Liisa ajatteli taas itsekseen
"Son terriblemente aficionados a decapitar a la gente aquí"
"He ovat hirveän ihastuneita mestaamaan ihmisiä täällä"
"¡La gran maravilla es que quede alguien vivo!"
"Suuri ihme on, että kukaan on elossa!"
Buscaba alguna vía de escape
Hän etsi jonkinlaista pakotietä
Notó una curiosa apariencia en el aire
Hän huomasi uteliaan ulkonäön ilmassa
«Es el gato de Cheshire», se dijo a sí misma

"Se on Cheshire-kissa", hän sanoi itsekseen
"Ahora tendré a alguien con quien hablar"
"Nyt minulla on joku, jolle puhua"
—¿Cómo te va? —preguntó el gato
"Miten sinä pärjäät?" kysyi kissa
—No creo que jueguen nada limpio —dijo Alicia—
"Mielestäni he eivät pelaa ollenkaan reilusti", Liisa sanoi
Y tenía un tono bastante quejumbroso
ja hänellä oli melko valittava sävy
"Todos se pelean tan terriblemente"
"He kaikki riitelevät niin kauheasti"
"Uno no se oye hablar"
"Ei kuule itsensä puhuvan"
"Y no parecen jugar con ninguna regla"
"Eivätkä he näytä pelaavan millään säännöillä"
el gato le hizo una pregunta a Alicia en voz baja
kissa kysyi Liisalta kysymyksen matalalla äänellä
—¿Qué te parece la reina?
"Mitä pidät kuningattaresta?"
—No me gusta nada —dijo Alicia—
"En pidä hänestä ollenkaan", sanoi Liisa

Alicia pensó que sería mejor que volviera
Liisa ajatteli, että hän voisi yhtä hyvin palata takaisin
Quería ver cómo iba el partido
Hän halusi nähdä, miten peli sujuu
Se fue en busca de su erizo
Hän lähti etsimään siiliään
El erizo estaba ocupado luchando contra otro erizo
Siili oli kiireinen taistelemaan toista siiliä vastaan
Esta fue una excelente oportunidad
Tämä oli erinomainen tilaisuus
Podía hacer croquet a un erizo con el otro
Hän voisi kroketti yhden siilin toisen kanssa
Pero su flamenco estaba al otro lado del jardín
Mutta hänen flamingonsa oli puutarhan toisella puolella
El flamenco era bastante torpe
Flamingo oli melko kömpelö
Su flamenco intentaba volar hacia un árbol
Hänen flamingonsa yritti lentää puuhun
Atrapó al flamenco por la pierna
Hän tarttui flamingoon jalasta
Y guardó el flamenco bajo el brazo
ja hän työnsi flamingon kainalonsa alle
De esa manera, el flamenco no pudo escapar de nuevo
Näin flamingo ei voinut enää paeta
Justo en ese momento Alicia se encontró con la duquesa
Juuri silloin Liisa sattui tapaamaan herttuattaren
La duquesa ya había salido de la cárcel
Herttuatar oli nyt päässyt vankilasta
Metió cariñosamente su brazo bajo el brazo de Alicia
Hän työnsi kätensä hellästi Liisan kainaloon
Y luego se fueron juntos
ja sitten he kävelivät pois yhdessä
Alicia se alegró mucho de encontrarla de tan buen humor
Liisa oli erittäin iloinen löytäessään hänet niin miellyttävällä
luonteella
Sin embargo, estaba un poco asustada
Hän oli kuitenkin hieman hämmästynyt

Oyó la voz de la duquesa cerca de su oído
Hän kuuli herttuattaren äänen lähellä korvaansa
"Estás pensando en algo, querida"
"Ajattelet jotain, rakkaani"
"Y eso hace que te olvides de hablar"
"Ja se saa sinut unohtamaan puhua"
—El juego va bastante mejor ahora —dijo Alicia—
"Peli sujuu nyt paremmin", Liisa sanoi
Era una forma de mantener la conversación
Se oli yksi tapa pitää keskustelu käynnissä
-Así es -dijo la duquesa-
"Niin se todellakin on", herttuatar sanoi
"Y la moraleja de eso es esta:"
"Ja sen opetus on tämä:"
"¡Es el amor el que lo hace todo!"
"Rakkaus tekee kaiken!"
"El amor es lo que hace que el mundo gire"
"Rakkaus on se, mikä saa maailman pyörimään"
Alicia tenía otra explicación
Liisalla oli toinen selitys
**"¡Lo hace todo el mundo ocupándose de sus propios
asuntos!"**
"Sen tekee se, että jokainen huolehtii omista asioistaan!"
—¡Ah, bueno! Podrías tener razón"
"No niin! Saatat olla oikeassa"
-Todo significa lo mismo -dijo la duquesa-
"Kaikki tarkoittaa paljolti samaa", herttuatar sanoi
y hundió su afilada barbilla en el hombro de Alicia
ja hän kaivoi terävän pienen leukansa Liisan olkapäähän
"Y la moraleja de eso es esta"
"Ja sen opetus on tämä"
"Cuida el sentido"
"Pidä huolta aistista"
"Y entonces los sonidos se encargarán de sí mismos"
"Ja sitten äänet huolehtivat itsestään"
Pero entonces el brazo de la duquesa empezó a temblar
Mutta sitten herttuattaren käsivarsi alkoi vapista

Alicia alzó la vista y allí estaba la reina
Liisa katsahti ylös ja siinä seisoi kuningatar
La reina tenía los brazos cruzados
Kuningattaren kädet olivat ristissä
¡Y ella fruncía el ceño como una tormenta eléctrica!
ja hän kurtisti kulmiaan kuin ukkosmyrsky!
—Te advierto —gritó la reina—
"Annan teille reilun varoituksen", kuningatar huusi
Y pisoteó el suelo mientras hablaba
ja hän kompastui maahan puhuessaan
"O tu cabeza o la suya deben estar cortadas"
"Joko pääsi tai hänen päänsä täytyy olla irti"
"¡Toma tu decisión!"
"Tee valintasi!"
"Y ser rápido al respecto"
"Ja ole nopea"
La duquesa hizo su elección
Herttuatar teki valintansa
Y al cabo de un instante la duquesa se fue
ja hetken kuluttua herttuatar oli poissa
Entonces la reina le habló a Alicia
Sitten kuningatar puhui Liisalle
"Sigamos con el juego"
"Jatketaan peliä"
Alicia estaba demasiado asustada para decir una palabra
Liisa oli liian peloissaan sanoakseen sanaakaan
Y la siguió lentamente hasta el campo de croquet
ja hän seurasi häntä hitaasti takaisin krokettikentälle
Todo el tiempo la Reina se peleó con los otros jugadores
Koko ajan kuningatar riiteli muiden pelaajien kanssa
"¡Córtale la cabeza!"
"Leikkaa hänen päänsä irti!"
"¡Córtale la cabeza!"
"Leikkaa hänen päänsä irti!"
"¡Córtale la cabeza a todos!"
"Leikkaa kaikki heidän päänsä irti!"
Pronto todos los jugadores estaban bajo custodia

Pian kaikki pelaajat olivat pidätettyinä
solo quedaron el rey, la reina y Alicia
vain kuningas, kuningatar ja Liisa jäivät
Entonces la reina se marchó, casi sin aliento
Sitten kuningatar lähti, aivan hengästyneenä
y se fue con Alicia
ja hän käveli pois Liisan kanssa
Alicia oyó que el rey decía algo en voz baja
Liisa kuuli kuninkaan hiljaa sanovan jotain
"Estáis todos perdonados"
"Teidät kaikki armahdetaan"
Pero de repente se oyó otro grito
Mutta yhtäkkiä kuului toinen huuto
"¡El juicio está comenzando!"
"Oikeudenkäynti on alkamassa!"
y Alicia corrió con los demás
ja Liisa juoksi muiden mukana

¿Quién robó las tartas?

Kuka varasti tortut?

El rey y la reina de corazones estaban sentados

Sydänten kuningas ja kuningatar istuivat

estaban en su trono cuando llegó Alicia

he olivat valtaistuimellaan, kun Liisa saapui

Había una gran multitud reunida a su alrededor

Heidän ympärilleen oli kerääntynyt suuri väkijoukko

Había todo tipo de pajaritos y bestias

Siellä oli kaikenlaisia pikkulintuja ja petoja

Y allí estaba toda la baraja de cartas

Ja siellä oli koko korttipaketti

La sota estaba de pie frente a ellos, encadenada

Konna seisoi heidän edessään, kahleissa

y había un soldado a cada lado para custodiarlo

ja kummallakin puolella oli sotilas vartioimassa häntä

cerca del Rey estaba el conejo blanco

Kuninkaan lähellä oli valkoinen kani

Tenía una trompeta en una mano

Hänellä oli pasuuna toisessa kädessään

y tenía un rollo de pergamino en la otra mano

ja hänellä oli pergamenttikäärö toisessa kädessään

En el centro del patio había una mesa

Aivan kentän keskellä oli pöytä

Sobre la mesa había un gran plato de tartas

Pöydällä oli suuri ruokalaji torttuja

«Ojalá hicieran el juicio», pensó Alicia

"Toivon, että he saisivat oikeudenkäynnin päätökseen", Liisa ajatteli

—¡Entonces podríamos comer algunos de esos refrescos!

"Sitten voisimme syödä niitä virvokkeita!"

El juez, por cierto, era el rey
Tuomari, muuten, oli kuningas
y llevaba su corona sobre su gran peluca
ja hän kantoi kruunuaan suuren peruukkinsa päällä
«Ésa es la tribuna del jurado», pensó Alicia
"Se on tuomaristo", ajatteli Liisa
"Y esas doce criaturas, supongo que son los miembros del jurado"
"ja nuo kaksitoista olentoa, luulen, että he ovat valamiehiä"
algunos eran animales y otros eran pájaros
Jotkut olivat eläimiä ja jotkut lintuja
En ese momento el conejo blanco gritó
Juuri silloin valkoinen kani huusi
"¡Silencio en la corte!"
"Hiljaisuus tuomioistuimessa!"
"¡Heraldo, lee la acusación!", dijo el rey
"Airut, lue syytös!" sanoi kuningas
El Conejo Blanco tocó tres veces la trompeta
Valkoinen kani puhalsi kolme räjähdystä trumpetilla
Luego desenrolló el rollo de pergamino
Sitten hän avasi pergamenttikäärön
Y leyó lo siguiente:
ja hän luki seuraavasti:

"La reina de corazones, hizo unas tartas"
"Sydänten kuningatar, hän teki torttuja."
"Todo esto lo hizo en un día de verano"
"Kaiken tämän hän teki kesäpäivänä"
"La sota de los corazones, robó esas tartas"
"Sydänten konna, hän varasti ne tortut"
—¡Y se llevó esas tartas muy lejos!
"Ja hän vei ne tortut kauas!"
—Llama al primer testigo —dijo el rey—
"Kutsu ensimmäinen todistaja", kuningas sanoi
y el conejo blanco tocó tres veces la trompeta
ja valkoinen kani puhalsi kolme räjähdystä trumpetille
"¡Traigan al primer testigo!", gritó
"Tuo ensimmäinen todistaja!" hän huusi
El primer testigo fue el sombrerero
Ensimmäinen todistaja oli hatuntekijä
Entró con una taza de té en una mano
Hän tuli sisään teekuppi toisessa kädessään
Y tenía un pedazo de pan con mantequilla en la otra mano
ja hänellä oli pala leipää ja voita toisessa kädessään
—Tendrías que haber terminado —dijo el rey—
»Teidän olisi pitänyt lopettaa», sanoi kuningas
—¿Cuándo empezaste?
"Milloin aloitit?"
El sombrerero miró a la liebre de marcha
Hatuntekijä katsoi marssijänistä
La Liebre de Marzo lo había seguido hasta el patio
Maaliskuun jänis oli seurannut häntä pihaan
Había caminado del brazo del lirón
Hän oli kävellyt käsi kädessä DorMousen kanssa
—El catorce de marzo, creo que fue —dijo—
"Neljästoista maaliskuuta, luulen, että se oli", hän sanoi
—Da tu testimonio —dijo el rey—
»Todistakaa», sanoi kuningas
"Y no te pongas nervioso, o te haré ejecutar en el acto"
"äläkä ole hermostunut, tai minä teloitan sinut paikan päällä"
Esto no pareció animar en absoluto al testigo

Tämä ei näyttänyt rohkaisevan todistajaa lainkaan
Seguía moviéndose de un pie al otro
Hän siirtyi jatkuvasti jalasta toiseen
Y miró inquieto a la reina
ja hän katsoi levottomana kuningatarta
Y, en su confusión, mordió un gran trozo de su taza de té
ja hämmennyksessään hän puri suuren palan teekupistaan
En realidad, tenía la intención de morder de su pan y mantequilla
Oikeastaan hän aikoi purra leivästään ja voistaan
Justo en ese momento, Alicia sintió una sensación muy curiosa
Juuri tällä hetkellä Liisa tunsi hyvin utelias tunne
Empezaba a crecer de nuevo
Hän alkoi taas kasvaa suuremmaksi
Al miserable sombrerero se le cayó la taza de té
Kurja hatuntekijä pudotti teekuppinsa
y el pan y la mantequilla cayeron al suelo
ja leipä ja voi putosivat maahan
Y cayó sobre una rodilla
ja hän laskeutui polvilleen
—Soy un pobre hombre, majestad —comenzó—
"Minä olen köyhä mies, teidän majesteettinne", hän aloitti
—Eres un orador muy malo —dijo el rey—
"Sinä olet hyvin huono puhuja", kuningas sanoi
—Puedes irte —dijo el rey—
»Saatte lähteä», sanoi kuningas
Y el sombrerero abandonó apresuradamente el patio
ja hatuntekijä lähti kiireesti tuomioistuimesta
—¡Llama al próximo testigo! —dijo el rey—
"Kutsu seuraava todistaja!" kuningas sanoi
El siguiente testigo fue el cocinero de la duquesa
Seuraava todistaja oli herttuattaren kokki
Llevaba la caja de pimienta en la mano
Hän kantoi pippurilaatikkoa kädessään
Y la gente que estaba cerca de la puerta empezó a estornudar de repente

ja oven lähellä olevat ihmiset alkoivat aivastella kerralla
—Da tu testimonio —dijo el rey—
»Todistakaa», sanoi kuningas
-No daré ninguna prueba -dijo el cocinero-
»Minä en tahdo todistaa», sanoi kokki
El rey miró ansiosamente al conejo blanco
Kuningas katsoi huolestuneena valkoista kania
Y el conejo blanco habló en voz baja
ja valkoinen kani puhui hiljaisella äänellä
"Su Majestad debe interrogar a este testigo"
"Majesteettinne täytyy ristikuulustella tätä todistajaa"
"Bueno, si debo, debo", dijo el rey
"No, jos minun täytyy, minun täytyy", kuningas sanoi
"¿De qué están hechas las tartas?"
"Mistä tortut on tehty?"
—Las tartas están hechas de pimienta, en su mayoría —dijo
el cocinero—
"Tortut valmistetaan enimmäkseen pippurista", kokki sanoi
Durante algunos minutos, toda la corte estuvo en confusión
Muutaman minuutin ajan koko tuomioistuin oli sekaisin
Con el tiempo, todos se calmaron de nuevo
Lopulta he kaikki asettuivat jälleen aloilleen
Pero para entonces el cocinero había desaparecido
Mutta siihen mennessä kokki oli kadonnut
"¡No importa!", dijo el rey
"Älä välitä!" sanoi kuningas
"Llamar al estrado al próximo testigo"
"Kutsu korokkeelle seuraava todistaja"
Alicia observó al conejo blanco mientras él repasaba a
tientas la lista
Liisa katseli valkoista kania, kun tämä haparoi listaa
Puedes imaginar su sorpresa por lo que escuchó a
continuación
Voit kuvitella hänen hämmästyksensä siitä, mitä hän kuuli
seuraavaksi
con su vocecita estridente, llamó el nombre de «¡Alicia!»
kimeän pienen äänensä huipulla hän kutsui nimeä "Liisa!"

La evidencia de Alicia

Liisan todisteet

-¡Aquí! -exclamó Alicia-

"Tässä!" huudahti Liisa

Se levantó de un salto a toda prisa

Hän hyppäsi ylös suurella kiireellä

Y volcó el estrado del jurado

ja hän kaatui tuomariston laatikon yli

y derribó a todos los miembros del jurado

ja hän kaatoi kaikki tuomarit

y cayeron sobre las cabezas de la muchedumbre de abajo

ja he putosivat alla olevan väkijoukon päähän

Alicia estaba muy consternada

Liisa oli suuressa tyrmistyksessä

"¡Oh, le ruego que me perdone!", exclamó

"Voi, pyydän anteeksi!" hän huudahti

—El juicio no puede continuar —dijo el rey—

"Oikeudenkäynti ei voi jatkua", kuningas sanoi

"Los miembros del jurado deben volver a ocupar su lugar"

"Tuomariston on palattava oikeille paikoilleen"

Repitió la orden con gran énfasis

Hän toisti käskyn hyvin painokkaasti

y miró a Alicia con severidad

ja hän katsoi Liisa ankarasti

—¿Qué sabe usted de estos acontecimientos? —preguntó el rey a Alicia

"Mitä sinä tiedät näistä tapahtumista?" kuningas kysyi Liisalta.

—No sé nada sobre el tema —dijo Alicia—

»Minä en tiedä siitä mitään», sanoi Liisa

Entonces el rey leyó de su libro

Sitten kuningas luki kirjastaan

"Regla cuarenta y dos"

"Sääntö neljäkymmentäkaksi"

"Todas las personas que tengan más de una milla de altura deben abandonar el tribunal"

"Kaikkien yli mailin korkuisten henkilöiden on poistuttava kentältä"

—No mido ni una milla de altura —dijo Alicia—
"En ole mailin korkuinen", sanoi Liisa
—Casi dos millas de altura —dijo la Reina—
"Lähes kahden mailin korkuinen", kuningatar sanoi

—Bueno, me niego a ir —dijo Alicia—
"No, minä kieltäydyn lähtemästä", sanoi Liisa
El rey palideció
Kuningas muuttui kalpeaksi
Y cerró apresuradamente su cuaderno de notas
ja hän sulki kiireesti muistikirjansa
"Consideren su veredicto", le dijo al jurado
"Harkitse tuomiotasi", hän sanoi valamiehistölle
Habló en voz baja y temblorosa
Hän puhui matalalla, vapisevalla äänellä
Entonces habló el conejo blanco
Sitten valkoinen kani puhui
"Todavía hay más pruebas por venir"
"Lisää todisteita on vielä tulossa"
Y se levantó de un salto a toda prisa

ja hän hyppäsi ylös suurella kiireellä
"Este papel acaba de ser recogido"
"Tämä paperi on juuri noudettu"
"Parece ser una carta escrita por el prisionero"
"Se näyttää olevan vangin kirjoittama kirje"
Desdobló el papel mientras hablaba
Hän avasi paperin puhuessaan
"Al fin y al cabo, no es una carta"
"Sehän ei ole kirje"
"Lo que era era un conjunto de versos"
"Se oli joukko jakeita"
—Por favor, majestad —dijo el bribón—
»Olkaa hyvä, majesteettinne», sanoi konna
"Yo no escribí esos versos"
"En kirjoittanut niitä jakeita"
"y no pueden probar que yo escribí nada"
"eivätkä he voi todistaa, että kirjoitin mitään"
"No hay ningún nombre firmado al final"
"Lopussa ei ole allekirjoitettua nimeä"
El rey le habló a la sota
Kuningas puhui konnalle
"Debes haber tenido la intención de causar algún daño"
"Sinun on täytynyt olla tarkoitus aiheuttaa pahaa"
**"De lo contrario, habrías firmado con tu nombre como un
hombre honrado"**
"muuten olisit allekirjoittanut nimesi kuin rehellinen mies"
Hubo un aplauso general
Kuului yleinen käsien taputtelu
Y el rey se volvió hacia el conejo blanco
ja kuningas kääntyi valkoisen kanin puoleen
—Lee los versos —ordenó—
"Lue jakeet", hän käski
Hubo un silencio sepulcral en la corte
Oikeudessa vallitsi kuollut hiljaisuus
Y el conejo blanco leyó los versos
ja valkoinen kani luki jakeet
Me dijeron que habías estado con ella

He kertoivat minulle, että olit käynyt hänen luonaan
Y me mencionaron a él
Ja he mainitsivat minut hänelle
Ella me dio un buen carácter
Hän antoi minulle hyvän luonteen
Pero ella dijo que yo no sabía nadar
Mutta hän sanoi, etten osannut uida
Les mandó decir que yo no había ido
Hän lähetti heille sanan, etten ollut mennyt
Sabemos que es verdad
Tiedämme sen olevan totta
Si ella insistiera en el asunto, ¿qué sería de ti?
Jos hän ajaisi asiaa eteenpäin, mitä sinusta tulisi?
Yo le di uno, ellos le dieron dos
Annoin hänelle yhden, he antoivat hänelle kaksi
Nos diste tres o más
Annoit meille kolme tai enemmän
Todos volvieron de él a ti
He kaikki palasivat häneltä luoksesi
aunque antes eran míos
vaikka he olivat minun ennen
Si yo o ella tuviéramos la oportunidad de serlo
Jos minä tai hän sattuisin olemaan
Si yo o ella estuviéramos involucrados en este asunto
Jos minä tai hän olisi sekaantunut tähän tapaukseen
Él confía en ti para liberarlos
Hän luottaa siihen, että vapautat heidät
Exactamente como estábamos
Juuri sellaisia kuin olimme
Mi idea era que tú habías sido
Minun käsitykseni oli, että olit ollut
Antes de que ella tuviera este ataque
Ennen kuin hänellä oli tämä kohtaus
Un obstáculo que se interpuso entre
Este, joka tuli väliin
A Él, y a nosotros mismos, y a
Hän, ja me itse, ja se

No le dejes saber que a ella le gustaban más
Älä kerro hänelle, että hän piti niistä eniten
Porque esto debe ser para siempre un secreto, guardado de todos los demás
Sillä tämän täytyy ikuisesti olla salaisuus, joka pidetään salassa kaikelta muulta
Este secreto debe seguir siendo un secreto entre tú y yo
Tämän salaisuuden täytyy pysyä salaisuutena sinun ja minun välillä
El rey quedó muy impresionado
Kuningas oli hyvin vaikuttunut
"Esa es la prueba más importante que hemos escuchado hasta ahora"
"Se on tärkein todiste, jonka olemme tähän mennessä kuulleet"
—No creo que esos versos tengan un átomo de significado —objetó Alicia—
"En usko, että noissa jakeissa on merkityksen atomia", Liisa vastusti
el rey tenía su propia opinión al respecto
kuninkaalla oli oma mielipiteensä asiasta
"Si no hay significado en esas palabras, eso salva un mundo de problemas"
"Jos noilla sanoilla ei ole merkitystä, se säästää maailman ongelmia."
"Entonces no necesitamos tratar de encontrar el significado"
"Silloin meidän ei tarvitse yrittää löytää merkitystä"
"Que el jurado considere su veredicto"
"Anna valamiehistön harkita tuomiotaan"
-¡No, no! -dijo la reina-
"Ei, ei!" kuningatar sanoi
"Primero la sentencia y después el veredicto"
"Tuomio ensin – tuomio sen jälkeen"
-¡Tonterías y tonterías! -exclamó Alicia en voz alta-
"Tavaraa ja hölynpölyä!" sanoi Liisa kovaan ääneen
"¡Qué tontería es sentenciar al acusado primero!"
"Kuinka typerää on tuomita vastaaja ensin!"

—¡Cállate la lengua! —dijo la reina, poniéndose morada—
"Pidä kielestäsi kiinni!" kuningatar sanoi muuttuen violetiksi
-¡No me callaré! -exclamó Alicia-
"Minä en pidättele kieltäni!" sanoi Liisa
—gritó la Reina a voz en cuello—
kuningatar huusi äänensä huipulla
"¡Córtale la cabeza!"
"Leikkaa hänen päänsä irti!"
Nadie hizo un movimiento
Kukaan ei tehnyt liikettä
-¿A quién le importa lo que digas? -dijo Alicia-
"Ketä kiinnostaa, mitä sanot?" kysyi Liisa
Para entonces ya había crecido hasta alcanzar su tamaño completo
Hän oli kasvanut täyteen kokoonsa tähän mennessä
"¡No eres más que un mazo de cartas!"
"Olet vain korttipaketti!"
Al oír esto, todas las cartas se alzaron en el aire
Tässä vaiheessa kaikki kortit nousivat ilmaan

Y todas las cartas cayeron volando sobre ella
ja kaikki kortit lensivät hänen päälleen
Ella dio un pequeño grito
Hän huusi vähän
Estaba medio asustada, pero también enojada
Hän oli puoliksi peloissaan, mutta myös vihainen
Y trató de quitarse las cartas de encima
ja hän yritti taistella kortit pois itsestään
Y entonces se encontró tendida en el banco de hierba
Ja sitten hän löysi itsensä makaamasta nurmikolla
Su cabeza estaba en el regazo de su hermana
Hänen päänsä oli sisarensa sylissä
Algunas hojas muertas habían caído en su cara
Jotkut kuolleet lehdet olivat laskeutuneet hänen kasvoilleen
Y su hermana estaba cepillando suavemente las hojas
ja hänen sisarensa harjasi lehtiä varovasti pois
-¡Despierta, querida Alicia! -dijo su hermana-
"Herää, Liisa rakas!" sanoi hänen sisarensa
—¡Qué sueño tan largo has tenido!
"Kuinka kauan sinulla onkaan ollut!"
-¡Oh, he tenido un sueño tan curioso! -exclamó Alicia-
"Voi, olen nähnyt niin omituisen unen!" sanoi Liisa
Y le contó a su hermana todo lo que podía recordar
Ja hän kertoi sisarelleen kaiken, mitä hän muisti
todas las extrañas aventuras sobre las que acabas de leer
Kaikki oudot seikkailut, joista olet juuri lukenut
Alicia se levantó y salió corriendo
Liisa nousi ylös ja juoksi karkuun
Y pensó, mientras corría, en su sueño
ja juostessaan hän ajatteli untaan
—¡Qué sueño tan maravilloso había sido!
"Mikä ihana uni se olikaan ollut!"